Bottrop Boy

Kai Feldhaus

Für Meli, Matilda und Charly

CORRECTIV

Impressum

Bottrop Boy

2. Auflage

2022

ISBN: 978-3-948013-09-7
Gedruckt in Lettland / Livonia Print / Riga

Autor: Kai Feldhaus
Layout & Covergestaltung: Thorsten Franke
Lektorat: Robert Pitterle, www.rpi.berlin

Kontakt: buechermacher@correctiv.org
Büro Essen: Huyssenallee 11, 45128 Essen
Büro Berlin: Singerstr. 109, 10179 Berlin

www.literaturviertel-ruhr.de

Copyright © 2022
CORRECTIV – Verlag und Vertrieb für die Gesellschaft UG
(haftungsbeschränkt)

Huyssenallee 11, 45128 Essen
Handelsregister Essen, HRB 26115
Geschäftsführer: David Schraven

A lot of people don't know about Bad Luck City, because they have never been there.

But I have been there, and I know.

R. L. Burnside: „Bad Luck City"

CORRECTIV

Inhalt

Kapitel 1 – Himbeerbubi 9

Kapitel 2 – Osama 16

Kapitel 3 – Onkel Tom's Hütte 21

Kapitel 4 – Nachholspiel 30

Kapitel 5 – Frau Herrbusch 39

Kapitel 6 – Zum Grieche 1 42

Kapitel 7 – Zum Grieche 2 47

Kapitel 8 – Vereinsheim 52

Kapitel 9 – Föhnwelle 57

Kapitel 10 – Mariacron 66

Kapitel 11 – Kampfsport 75

Kapitel 12 – Hühner-Hugo 79

Kapitel 13 – Bayrisch Rovers 88

Kapitel 14 – Lederficker 100

Kapitel 15 – Der Mörder ist immer der
bekannteste Schauspieler … 118

Kapitel 16 – Heiliger Vater … 123

Kapitel 17 – Der Hauch des Todes … 136

Kapitel 18 – Ententeich … 148

Kapitel 19 – Jeans-Sparbuch … 152

Kapitel 20 – Gurke mit Sahne … 165

Kapitel 21 – Der apokalyptische Reiner … 176

Kapitel 22 – Bumser … 194

Kapitel 23 – Zwei Wunder … 206

Kapitel 24 – Prokurist … 213

Danksagung … 223

Mit Nachdruck … 224

Autor / Art-Direktor … 226

CORRECTIV

Kapitel 1 – Himbeerbubi

Wenn er das jetzt sagt, dachte Andi, dann haue ich ihm eine rein.

Komisch eigentlich, dass ich zögere, dachte Andi. Mache ich doch sonst nie, wenn es gleich was auf die Fresse geben könnte. Ist vielleicht ein gutes Zeichen, schließlich habe ich Anja versprochen, mich zu benehmen. Weil das meine letzte Chance ist, unsere letzte Chance.

Trotzdem, dachte Andi und fühlte eine ihm gut bekannte Wut in sich aufsteigen, das schaffe ich nicht, dem jetzt keine reinzuhauen. Vielleicht versuche ich, ihm nicht alle Schneidezähne auf einmal auszuschlagen.

Der Typ beleidigt meine Stadt, dachte Andi, das kann man doch nicht auf sich sitzen lassen. Dabei hatte der Typ eigentlich fast gar nichts gesagt, nur so viel: „Kommse aus Bottrop ...“

Dann hatte der Typ seine Visage zu einem schrägen Grinsen verzogen, die Brauen hoch, die Stirn in Falten, einen Du-weißt-was-jetzt-kommt-Blick in den Augen. Ja, Andi wusste, was jetzt kommt. Und das war nicht gut für den Typen.

Er hatte ihn schon beim Betreten der Kneipe recht genau taxiert, diesen Affen mit seiner Slim-Fit-Jeans, dem gestärkten Hemd und dem akkuraten Scheitel. Andi machte das wie ein Totengräber im Wilden Westen: In Gedanken vermaß er den Typen, nicht sehr groß, nicht sehr schwer, ein Himbeerbubi, keiner, der sich wehrt, wenn man ihm eine pflastert. Eher einer, der zu weinen beginnt, wenn man ihm die Nase bricht. Der Typ trug eine randlose Brille, und das war ein Problem. Die muss ich dann wieder bezahlen, dachte Andi, die sind teuer, da kannte er sich aus.

Andi beschloss, dem Typen erst mal keine reinzuhauen. Er dachte an den letzten großen Zoff mit Anja. Wie sie ihm vorgeworfen hatte, dass er sich nicht im Griff habe, dass er viel zu schnell viel zu aggressiv werde, dass seine „Lunte zu kurz" sei, wie sie es ausdrückte. Er hatte die Situation mit einem Sexwitzchen retten wollen, aber da war nichts zu machen, diesmal nicht, Anja meinte es ernst. „Reiß dich mal zusammen, Sikorra!", hatte sie seinen Witz einfach ignoriert und dabei so entschlossen und kalt geklungen wie nur sehr selten in den drei Jahren, die sie nun mehr oder weniger zusammen waren. „Du bist keine 17 mehr. Du kannst nicht ständig Leuten aus den nichtigsten Gründen aufs Maul hauen, nur weil sie dich nerven. So löst man aber keine Probleme. Jedenfalls nicht, wenn man mein Freund sein will."

Er dachte auch an die mahnenden Worte von Richter Spielkamp, die der ihm nach dem letzten Verfahren mit auf den Weg gegeben hatte: „Sehe ich Sie noch ein einziges Mal in diesem Gericht, Herr Sikorra, dann stecke ich Sie in den Bau. Es reicht. Denken Sie nach, bevor Sie sich prügeln!"

Okay, dachte Andi, kann ich machen.

Anja hatte ja recht und der Richter natürlich auch. So richtig nachgedacht hatte er nicht vor der letzten Aktion, die ihn wieder mal zu Richter Spielkamp geführt hatte. Aber es war spät und Andi blau, und der Dortmunder hatte es irgendwie auch nicht anders gewollt, sonst hätte er sich kaum über Schalke lustig gemacht. Schon gar nicht nach einem 0:3 im Derby. Immerhin habe ich ihn nicht geschlagen, dachte Andi. Deshalb fand er die sechs Monate auf Bewährung, die ihm Richter Spielkamp aufgebrummt hatte, auch immer noch echt unfair. Er hatte den Dortmunder nur mit dem Kopf ins Pissoir gesteckt und, okay, ein paar Mal abgezogen. Aber sonst lernen die das ja auch nicht, dachte Andi.

Körperverletzung und Nötigung hatte Richter Spielkamp das genannt und zum Glück nicht gehört, wie Andi dem Dortmunder, der im Zeugenstand fast geweint hatte bei der Schilderung „dieser grauenvollen Nacht", beim Verlassen des Gerichts noch kurz zugeraunt hatte:

„Na? Noch Pipi inne Fresse?"

Ich muss echt ein bisschen ruhiger werden, dachte Andi und vergaß dabei fast den Himbeerbubi mit der Slim-Fit-Hose. Ich habe jetzt so lange nachgedacht, dachte Andi, da hätte sich der Typ doch mal fein verpissen können, aber nein: Er stand immer noch da, Brauen hoch, Mund halb geöffnet, als könnte er es nicht erwarten, seinen dämlichen Spruch zu Ende zu bringen.

Dann ist er aber auch selbst schuld, dachte Andi. Der kennt mich nicht, und dann haut der hier so Dinger raus. Anja hatte den Himbeerbubi angeschleppt, „ein Arbeitskollege vom Lehrstuhl", hatte sie gesagt und seinen Namen und woher er kommt, irgendwo aus dem Süden, Andi hatte nicht richtig zugehört. Es war nicht das erste Mal, dass er sich in Gegenwart von Anjas Freunden klein fühlte. Sie, die Doktorandin der Uni Düsseldorf mit einem Abschluss in Organisationsentwicklung, und er, der es nicht einmal organisiert bekam, seine Pfandflaschen wegzubringen. Eigentlich passten sie überhaupt nicht zusammen, sie war zu schlau für ihn und auch zu schön, und trotzdem blieb sie bei ihm. Bis jetzt.

Anja stand auf Bad Boys, Andi wusste das. Sie war als 15-Jährige aus Berlin in den Ruhrpott gezogen und hatte sich gleich in die schroffe, ehrliche Art der Jungs verliebt. Sie mochte dieses Unrasierte, „Schimanskihafte", wie sie es nannte, und sie mochte es, wenn sie ein Mann in seine kräftigen Arme nahm und sie „mein Mädchen" nannte. „Was soll ich mit so einem metrosexuellen Lackaffen?", hatte sie einmal erwidert, als er sie in einem schwachen Moment ungewohnt kleinlaut gefragt hatte, was eine so tolle Frau wie sie überhaupt an einem wie ihm finde.

Sie genoss seine Gegenwart, so einfach war das. „Du gibst mir das Gefühl zu leben, Sikorra", sagte sie damals. Sie mochte es, ihn um sich zu haben, wenn er sich nicht gerade prügeln wollte. Und sie genoss es, Andi ihren klugen, gelackten Uni-Freunden vorzustellen. Freunden wie dem Himbeerbubi. Als sie Andi vorhin vorgestellt hatte, hatte sich ein süffisantes Lächeln auf ihre Lippen geschlichen:

„Und das hier, das ist mein Freund Andi Sikorra. Ein waschechter Bottroper!"

Wie er das hasste! Das machte Anja immer, wenn sie neue Leute anschleppte, und immer klang es, als hätte er eine ansteckende Krankheit. Als sei er ein seltenes Tier, drollig, aber ein bisschen doof, oder ein Zirkus-Freak, die Dame mit Bart und ohne Unterleib. Als müsste ich mich für meine Heimatstadt schämen, dachte Andi, oder, noch schlimmer, als müsste man Mitleid mit mir haben.

Meist sagten Anjas Freunde dann so etwas wie: „Ach!" Als ob das etwas Besonderes sei: ein Bottroper zu sein. Als hätte Anja gesagt: Das ist mein Freund Andi Sikorra, er kommt aus Timbuktu. Aus Nowosibirsk. Oder vom Pol. Meist nickte Andi dann grimmig und guckte die Leute so an, dass sie verstanden: Jetzt sollten sie besser nicht mehr nachfragen. Manchmal, wenn er gut drauf war oder krawallig, dann sagte er so etwas wie: „Ach? Ach was?"

Dann holte er tief Luft, plusterte den Brustkorb auf, reckte das Kinn ein wenig vor und machte so deutlich, ohne es zu sagen: Ja, ich komme aus Bottrop. Falls du das lustig findest oder ein Problem damit hast, falls du jetzt einen lustigen Bottrop-Witz auf der

Zunge hast – das ist mir scheißegal. Behalt es für dich. Komm mir bloß nicht blöde.

Meist wechselten Anjas Freunde dann das Thema.

Der Himbeerbubi nicht.

Er verstand die Signale nicht, die Andis Körpersprache sendete. Vielleicht sieht er auch nichts hinter seiner Scheißbrille, dachte Andi, selber schuld, wenn er hier auf die Gleise fährt, obwohl die Schranke gerade schließt, also bildlich gesprochen. „Kommse aus Bottrop ...", hatte der Typ gesagt und damit genau den Spruch angerissen, den Andi wie jeder Bottroper schon einmal zu häufig gehört hatte. Wahrscheinlich hält er sich für den verdammt noch mal Ersten, der diesen Kackspruch bringt. Das ist so, als würde er gleich mit einer runden Holzscheibe um die Ecke kommen und behaupten, dass er gerade das Rad erfunden hat, dachte Andi. Insgeheim freute er sich, dass er jetzt auf so abgefahrene Vergleiche kam. Das lenkte ab vom eigentlichen Problem.

Anja dürfte jetzt ruhig ein bisschen stolz auf mich sein, dachte Andi. Wie gut ich mich gerade im Griff habe. Richter Spielkamp würde sich bestimmt freuen. Schade eigentlich, dass der nicht hier ist, dann könnte ich das mit ihm ausdiskutieren, dann würde er jetzt mal live erleben, wie schwierig es manchmal ist, Leuten keine reinzuhauen, die einem doof kommen. Richter Spielkamp kommt schließlich auch aus Bottrop. Der fände das hier bestimmt auch Mist, dachte Andi.

Anja schien nicht stolz zu sein, eher ein wenig nervös, das sah Andi aus dem Augenwinkel. Sie kannte ihn ja, sie wusste, wie man seine Körpersprache las. Sie griff Andi beiläufig ans Handgelenk und warf dem Himbeerbubi einen flehenden Blick zu, einen Sag-das-jetzt-bitte-nicht-Blick, aber der Typ hatte ja keine Ahnung, dass er mitten auf die Gleise gefahren war, jetzt mal bildlich gesprochen, dachte Andi. Dieses Bild gefiel ihm immer noch sehr.

Es klappt, dachte Andi. Das Adrenalin ebbt ab, die Wut lässt nach.

Ich atme ein, ich atme aus.

Ich relaxe.

Normalerweise passierte in diesem Moment in Andis Augen etwas, was sein Kumpel Rolf den „Haifischblick" nannte. Rolf schwor Stein und Bein, dass sich in der Sekunde, bevor Andi zuschlug, eine weiße Haut vor seine Pupillen schob. „Bestimmt zum Schutz", sagte Rolf, „wie bei einem Haifisch, der zubeißt." Andi glaubte das nicht, er hielt es für Quatsch. Andererseits, das musste er Rolf zugestehen, hatte der ihn mehr als einmal in genau diesem Moment erlebt.

Nicht heute, dachte Andi, nicht hier.

Schade auch, dass Rolf nicht dabei war. Der wäre jetzt sicher auch stolz auf mich, dachte Andi und fühlte sich gleich noch ein bisschen besser. Lag das an Anjas Standpauke? Er wollte sie nicht verlieren, das war klar, so eine Frau würde er im Leben nicht mehr finden. Einen Moment lang malte er sich sogar aus, wie sie ein kleines Zechenhaus in Bottrop-Boy kaufen würden, die Frau Doktor und der Herr Tunichtgut, wie sie Karriere machte und die Kohle ranschaffte, wie er das Haus renovierte und danach die Kinder großzog, zwei, ach was, vielleicht sogar drei oder mehr. Andi musste lächeln, was in einer solchen Situation sehr ungewöhnlich war. So einen Quatsch habe ich noch nie gedacht, dachte er, offenbar ist irgendwas mit mir passiert. Vielleicht werde ich ja doch noch erwachsen. Er nahm sich vor, Rolf von diesem Tagtraum zu erzählen. Oder besser doch nicht, Rolf würde ihn bestimmt auslachen deswegen. „Sikorra", würde Rolf sagen, „was is' los mit dir? Hast du deine Eier an der Rezeption abgegeben? Trägt die zukünftige Frau Sikorra sie schon als Schmuck um den Hals?"

Anja schaute Andi verstört an, was an seinem Lächeln liegen musste. Dann begann auch sie zu lächeln, ein wenig ungläubig zunächst, aber auch erleichtert.

Nur der Himbeerbubi, der machte alles kaputt.

„Kommste aus Bottrop, kriegste auf den Kopp dropp", rief er in den Raum hinein und wollte gerade herzhaft auflachen, als Andis rechte Faust recht zentral in seinem Gesicht einschlug und ihm die Nase brach.

Was danach passierte, nahm Andi wie in Zeitlupe wahr. Wie Anja neben dem blutenden Typen kniete, Teile seiner kaputten Brille einsammelte und ihm ein Taschentuch reichte. Wie sie ihm aufhalf, ihn Richtung Tür schob und Andi dabei mit einer Mischung aus Wut und Enttäuschung anfunkelte, die er nie zuvor in den Augen seiner Freundin gesehen hatte.

„Du bist so ein armseliger Asi, Sikorra", zischte sie leise, aber sehr bestimmt. „Weißt du was? Fahr zur Hölle! Ich bin fertig mit dir." Dann fiel die Kneipentür hinter ihr krachend ins Schloss. Anja war weg, mit dem Himbeerbubi im Schlepptau, und Andi ahnte, dass sie so schnell nicht wiederkommen würde. Von seinem Magen ausgehend, machte sich eine große Leere in ihm breit.
Andi drehte sich zum Tresen, griff nach seinem Bier und nahm einen großen Schluck gegen das Zittern. Der Barkeeper, der gerade aus der Küche zurückkam und von dem sauberen Knock-out nichts mitbekommen hatte, musterte Andi mit großen Augen: „Du hast Blut am Kragen."

„Is nich' meins", sagte Andi leise. „Machse mir noch 'n Pils?"

Kapitel 2 – Osama

Ach du Scheiße, dachte Hermann. Bitte nicht die. Bitte nicht jetzt.

Für die habe ich jetzt keine Kraft, und wenn ich es mir recht überlege, dann hatte ich die noch nie. Ich fand die immer schon scheiße. Die ältere Dame mit der Glitzerjacke und der bizarr auftoupierten Frisur steuerte direkt auf ihn zu. Sie hatte ihn noch nicht gesehen, da war sich Hermann sicher, sonst wäre sie längst umgedreht oder hätte sich alibimäßig in ein Geschäft verdrückt, um ihm aus dem Weg zu gehen. Sie fand ihn nämlich auch scheiße, das wusste Hermann. Sie hatte es Else mal auf dem Pfarrfest erzählt, da hatte sie schon ein paar Pfläumchen intus.

„Warum bist du eigentlich immer noch mit Hermann zusammen?", hatte sie Else gefragt und dabei „eigentlich" wie „einklich" und „zusammen" wie „zusamn" rausgelallt. „Der bescheißt dich bestimmt nach Strich und Faden. Machen die doch alle. Und fett ist er auch geworden. Fett wie ein Schwamm."

Else hatte darauf nichts geantwortet, sie war einfach aufgestanden und gegangen. Dafür hatte sie es ihm brühwarm erzählt, noch am selben Abend. Weil sie eine gute Frau ist, dachte Hermann, und deshalb habe ich sie auch geheiratet damals, vor 49 Jahren. Die Alte hat doch wohl ein Rad ab, meiner Frau so einen Mist zu erzählen, dachte er. Die alte Wut stieg in ihm hoch. Dabei war die Pfarrfestgeschichte bestimmt schon zwei Jahre her. Die ist so ätzend, seit ihr Alter mit diesem jungen Ding aus der Ukraine durchgebrannt ist, das er auf dem Weihnachtsmarkt kennengelernt hat, dachte Hermann.

Seitdem hat die Alte auch diese beknackte Frisur, dachte Hermann. Von der Parkbank aus, auf der er seit geraumer Zeit saß, schielte er möglichst unauffällig in ihre Richtung. Was war das überhaupt für eine unmögliche Haarfarbe, die sie da spazieren trug? Bisschen Pflaume, bisschen Schmeißfliege. Und seitdem zieht sie sich auch so bescheuert an. Er betrachtete die Glitzer-jacke aus dem Augenwinkel. Wie ein Autoscooter, dachte er. Weil ihr Ex und ich im selben Kegelclub sind, bin ich jetzt offenbar auch ein Schwein. Tut Kalle übrigens ganz gut, das junge Ding, dachte Hermann. Sieht zehn Jahre jünger aus, der Bursche. Seine Neue war gerade mal Ende 20. Sie könne „Tricks", hatte ihm Kalle bei einem der ersten Kegelabende nach seiner Trennung zugeraunt, dabei vielsagend gezwinkert und sich die Zunge in die Wange gesteckt. Sein betrunkener Gesichtsausdruck flehte dabei: Frag mich! Frag mich! Los, frag mich! Aber den Gefallen tat ihm Hermann nicht. Er sagte: „Aha", stand auf und warf eine Acht. Er glaubte Kalle sowieso nicht. Kalle war sein Kumpel, mehr als 50 Jahre schon, aber was Frauen anging, war er schon immer ein Aufschneider gewesen.

Ich bescheiße Else gar nicht nach Strich und Faden, dachte Her-mann. Was ist das überhaupt für eine Scheißformulierung: „nach Strich und Faden"? Im Großen und Ganzen bin ich ein total treuer Typ, dachte Hermann und schob den Gedanken an die Thai-Mas-sage, die er sich mit den Jungs bei der vergangenen Kegeltour nach Rüdesheim gegönnt hatte, ganz weit weg. Das zählte ja wohl nicht.

Und sooo fett bin ich jetzt auch nicht geworden, dachte Hermann und ruckelte sich die Gürtelschnalle zurecht, die er ein wenig suchen musste unter der mächtigen Menge Bauch, die sich über seinen Hosenbund wölbte. Und überhaupt, ich bin 69 Jahre alt, da darf man sich wohl mal ein kleines Pölsterchen zulegen. Für harte Zeiten.

Die Frau mit den seltsamen Haaren hatte ihn noch immer nicht gesehen. Sie war jetzt nur noch 20 Meter von ihm entfernt.

Auch noch blind wie ein Fisch, dachte Hermann, das wird ja immer schöner. Wenn sie ihn jetzt sähe, könnte sie sich nur noch umdrehen, um einem Small Talk aus dem Weg zu gehen. Oder in dem Laden verschwinden, der zwischen ihnen lag. Das wäre mal wirklich lustig, dachte Hermann, denn zwischen ihm und der Alten lag nur noch ein Geschäft, das französische Dessous verkaufte. Für Spitzenschlüpfer, dachte Hermann, ist sie 20 Jahre und Kilo zu alt. Die dicke Nudel.

15 Meter. Er hätte längst aufstehen und gehen können, aber der verfluchte Köter hatte noch nicht fertig gekackt, und wenn er den jetzt wegzerrte, dann würde der wieder so furchtbar jaulen und dann irgendwo auf den Gehsteig scheißen, und dann müsste er sich wieder eine Tüte besorgen und den Dreck wegmachen. Verfluchtes Vieh.

Die Sache mit dem Hund, die machte ihn echt fertig. Als Else den Köter vor zwei Monaten angeschleppt hatte, da hatte er zum ersten Mal ernsthaft an Scheidung gedacht. „Der Hund oder ich" – wie im Film, es lag ihm auf der Zunge, am Ende traute er sich aber doch nicht. Er hatte zu viel Schiss, dass sich Else für den Hund entscheiden würde.

Ein Hund im Haus, das allein war nicht so schlimm. Das Problem war die Rasse. Hermann hatte gehofft, dass Else aus dem Tierheim einen herrschaftlichen, Furcht einflößenden Hund mitbringen würde. Einen, der die Nachbarn beeindruckte. Eine Dogge vielleicht. Einen Schäferhund. Oder einen Rottweiler. Sogar bei einem Boxer hätte Hermann noch mit sich reden lassen. Aber nein, es musste ein gottverdammter Chihuahua sein.

„Der hat so süß geguckt", sagte Else, „und überhaupt: Wir haben beide viel zu viel Zeit. Seit du Rentner bist, sitzt du hier zu Hause rum und gehst mir auf den Sack. Jetzt kannst du schön mit dem

Hund spazieren gehen, drei Mal am Tag, dann habe ich Ruhe vor dir. Und die frische Luft tut dir gut."

Was hatten seine Kumpels gelacht, als er die Töle zum ersten Mal zum Fußballplatz mitgebracht hatte. Else hatte ihn Oskar getauft. War Hermann mit ihm allein, rief er den Köter Osama, darauf hörte der Chihuahua mittlerweile besser als auf Oskar. Meine kleine Rache, dachte Hermann.

Zehn Meter. Wie hieß die dicke Nudel eigentlich noch? Rose? Rosi? Er wusste es nicht mehr, und das machte die anstehende Begegnung noch ein bisschen unangenehmer. Er musste sie ja irgendwie begrüßen. Ach egal, dachte er, soll sie zuerst. Er sah, dass sie ihn sah, und tat so, als hätte er sie noch nicht gesehen. Konzentriert schaute er dem Chihuahua beim Kacken zu.

Die Frau blieb stehen und sagte: „Ach!"

Hermann hob den Kopf und tat freudig überrascht. „Wie isset?", fragte er.

„Man wird älter."

„Jau."

Die Frau zeigte auf den Hund: „Schiwawa, ne?"

Nein, dachte Hermann. Dobermann. Du blöde Kuh.

„Jau", sagte er.

„Wie heißt der?"

„Osa…, äh, Oskar!"

„Ach."

Einen Moment schwiegen sie.

„Na dann", sagte die Frau und ging langsam wieder los.

„Jau", sagte Hermann.

„Grüße zu Hause", sagte sie.

„Du auch", sagte er schneller, als er denken konnte.

Verdammt.

Das war ihm jetzt nur so rausgerutscht. Mist, Mist, Mist. Die Frau, die Rosi hieß oder Rose, stockte kurz, tat dann aber so, als hätte sie die letzte Bemerkung nicht gehört. Sie ging einfach weiter. Puh, dachte Hermann. Schwein gehabt.

Osama verbuddelte seine Hinterlassenschaft in einem Blumen-beet. Gut so, dachte Hermann. Dann gehen wir doch jetzt noch schön ins Vereinsheim auf zwei Bier. Er war gerade am Des-sous-Laden vorbei, als sein Handy klingelte. Er kramte eine Weile umständlich in seinen Jackentaschen, bis er es gefunden hatte.

„Ja, hallo? Sikorra hier, Sikorras Hermann, wohnhaft Tilsiter Stra-ße, Bottrop-Boy."

Else war dran. Wie gewohnt ging sie nicht weiter auf seinen Fimmel ein, am Telefon stets seinen Namen und seine Adresse zu nennen.

„Du musst kommen, Hermann", stammelte sie.

„Es ist was mit Andi."

Kapitel 3 – Onkel Tom's Hütte

Der Zoff mit Anja, der tat immer noch weh. Dass er seine Mutter aber hier im Gerichtssaal sehen musste, das schmerzte noch viel mehr. Er sah schon an ihrer Körperhaltung, wie sehr sie litt. Mama nimmt sich immer alles so zu Herzen, dachte Andi und betrachtete die ältere Dame, die sich auffällig unauffällig auf die hinterste Bank des Zuschauerraums gesetzt hatte. Sie würdigte ihn keines Blickes.

Andi dachte an damals, als er mit Rolf diesen beknackten Imbisswagen aufgebrochen hatte. Sie hatten beim Griechen ein paar Pils und vielleicht einen Ouzo zu viel und stolperten dann zu Andis Auto, das nebenan auf dem Edeka-Parkplatz stand. Gleich daneben parkte eine rollende Frittenbude: Onkel Tom's Hütte, wo es ein halbes Hähnchen für 2,50 Euro gab. „So frisch, dass es noch gackert", stand auf einer Tafel neben dem Tresen.

„Hab noch Durst", lallte Rolf und steuerte so schnurgerade, wie es ihm noch möglich war, auf die verrammelte Tür an der Seite des Imbisswagens zu. Er rüttelte ein bisschen daran, kramte dann in den Taschen seiner speckigen Lederjacke. „Mach ich mit 'm Zahnstocher auf", nuschelte Rolf. „Kein Problem für Rock 'n' Rolf." Spätestens da wusste Andi: Das geht in die Buchse.

Wenn sich Rolf selbst „Rock 'n' Rolf" nannte, dann war es für vernünftige Einwände meist zu spät. Rolf fühlte sich dann vier Meter groß, vergoldet und unbesiegbar.

Das mit dem Zahnstocher war natürlich Unfug. Rolf hatte gar keinen dabei, und auch das Springmesser, mit dem er im Dunkeln am Schloss von Onkel Tom's Hütte herumpopelte, brach nach ein paar Minuten ächzenden und fluchenden Herumprobierens mit lautem Krachen ab. Die Klinge fiel klirrend zu Boden.

„Alte Kacke", schimpfte Rolf.

„Pssst!", zischte Andi und blickte sich um. Noch war alles still, außer Rolf, der, auf Knien rutschend, die abgebrochene Klinge suchte und dabei was von „noch ganz neu" und „fuffzich Euro" brabbelte.

Neben dem Parkplatz lag der Jugendknast. Andi sah, wie in einer Zelle im ersten Stock das Licht anging. Verzweifelt gegen Suff und Dunkelheit ankämpfend, versuchte er auszumachen, ob da jemand hinter den Gitterstäben stand und sie beobachtete. Er wollte Rolf gerade von seinem Verdacht erzählen, kam aber nicht mehr dazu, weil Rolf just in diesem Moment mit mehreren Metern Anlauf vor die Imbisstür sprang. Schloss und Angeln hielten dem Einschlag seiner Schulter nicht stand, Rolf krachte samt Sperrholztür, Angeln und Schloss der Länge nach ins Innere von Onkel Tom's Hütte.

Super, dachte Andi. Jetzt ist's auch egal.

Sie luden eilig ein paar Kisten Bier in den Kofferraum seines 3ers und wollten gerade los, als die Schmiere auf den Parkplatz bog. Einmal kurz heulte das Martinshorn auf, dann stoppte der Streifenwagen neben Andis BMW.

„Glückauf Andi", sagte Wachtmeister Koppenborg durch das heruntergekurbelte Seitenfenster. „Was haste denn da im Kofferraum?"

„Glückauf Sheriff", grüßte Andi betont lässig zurück. Er konnte sich das leisten, er kannte den Wachtmeister gut, sie hatten in den 90ern oft zusammen in Block 5 im Parkstadion gestanden und das ein oder andere Pils geleert. Der Wachtmeister war ein alter Schalker, der für Kumpels auch mal ein Auge zudrückte. Aber diesmal, ahnte Andi, würde ihm das nicht helfen.

„Paar Kisten Bier. Nix Wildes."

„Woher?"

„Von Didi Durstig. Der Getränkehandel am Markt", sagte Andi ein
wenig überhastet. „Heute Mittag gekauft. Für 'ne Party." Rolf
rutschte derweil so tief in den Beifahrersitz, dass er fast im Fuß-
raum verschwand. Der Wachtmeister stieg aus.

„Mach mal auf!", befahl er und klopfte auf den Kofferraum. Andi
zog den kleinen Hebel neben dem Fahrersitz und hielt die Luft
an. Gute Idee, das mit der Party, dachte er und vergaß dabei, dass
fünf Meter neben dem Kofferraum ein riesiges Loch in Onkel
Tom's Hütte klaffte, wo zehn Minuten zuvor noch eine Tür gewesen war.

„Bei Didi Durstig gekauft, ja?", rief der Wachtmeister nach einem
prüfenden Blick in den Kofferraum.

„Jau."

„Was denn für 'ne Sorte Bier?"

Verdammt, dachte Andi. Habe ich wirklich geglaubt, dass wir
damit durchkommen?

Es war stockdunkel, es musste schnell gehen, da hatte er natürlich nicht darauf geachtet, ob er jetzt Pils oder Alt einpackte,
scheißegal, Bier war Bier, zumal geklautes.

Andi bastelte noch an einer Antwort, als der Wachtmeister schon
wieder neben ihm am Fenster stand. „Lass gut sein", sagte der
Beamte, „quatsch dich nicht um Kopf und Kragen. Wir haben
einen Tipp bekommen." Er nickte mit dem Kopf in Richtung

Jugendknast. Unglaublich, dachte Andi. Nicht mal auf Knackis war mehr Verlass.

Nach dieser kleinen Episode auf dem Parkplatz neben Onkel Tom's Hütte erlebte Andi zum ersten Mal, dass seine Mutter um ihn weinte.

„Mein Junge", schluchzte sie, als Andi beim nächsten Besuch seinen Fehltritt möglichst beiläufig zu beichten versuchte. „Mein Junge, ein Verbrecher! Dass du manchmal raufen musst, daran habe ich mich ja schon gewöhnt. Aber ein Einbrecher! Mein Junge!" Seine Mutter ließ sich kaum beruhigen, stammelte immerzu was von „den Nachbarn" und was die jetzt wohl denken würden und dass sie ihn „im Gefängnis nicht besuchen" würde, „ganz bestimmt nicht!".

Es brach Andi das Herz, seine alte Mutter in ihrem Blümchenkittel so weinen zu sehen. Lautstark schnäuzte sie in ein Stofftaschentuch, während sie ihr winziges Hündchen an den bebenden Busen drückte. Der Köter machte ein jämmerliches Geräusch, das ein bisschen nach Angst vor Ersticken klang. Was sie mit diesem seltsamen Hund noch wollte auf ihre alten Tage, das verstand Andi sowieso nicht. Sie hatte doch Papa. Der war immerhin stubenrein.

„Herr Sikorra?"

„Herr Sikorra!"

Andi fuhr zusammen. Verdammt, dachte er. Ich habe geträumt. Das hier ist kein guter Ort für Tagträume.

Das schnauzbärtige Gesicht von Richter Spielkamp schaute ihn vorwurfsvoll an.

„Ich habe Sie gefragt, ob Sie noch etwas zu sagen haben, Herr

Sikorra. Müssen Sie nicht. Aber ein Wort der Reue würde bestimmt nicht schaden."

Er hat gemerkt, dass ich geträumt habe, dachte Andi. So ein Mist.

Die Verhandlung lief ohnehin nicht sonderlich gut. Und das lag nicht nur an seiner Mutter. Dass Else hier auftauchte, war nur das Sahnehäubchen auf der reichlich beschissenen Torte, die dieser Vormittag war. Sie trug ein Kopftuch, einen Trenchcoat und eine Sonnenbrille, was ihren Auftritt noch bizarrer machte, schließlich war sie die einzige Zuschauerin dieses Allerweltsprozesses. „Bin von der Zeitung", hatte sie beim Betreten des Saals dem Gerichtsdiener so laut zugerufen, dass es auch Richter, Schöffen, Staatsanwalt und Verteidigung hören mussten. „Von den ‚Ruhr Nachrichten'", schickte sie hinterher, was den ein oder anderen Verfahrensteilnehmer verwundert die Stirn runzeln ließ. Die „Ruhr Nachrichten" gab es in Bottrop schon seit Jahren nicht mehr.

Das war seiner Mutter offenbar noch nicht aufgefallen. Als Andi zu ihr ging, um sie zu begrüßen, wendete sie sich ab. „Ich kenne Sie nicht! Ich kenne Sie nicht!", fauchte sie theatralisch, um dann nach dem Gerichtsdiener zu rufen: „Hallo! Hallo mal! Können Sie bitte diesen Verbrecher hier entfernen?"

Dann hatte seine Mutter Stift und Notizblock ausgepackt.

Auch Anja trug im Zeugenstand nicht unbedingt zu Andis Entlastung bei.

Damals, als er den Himbeerbubi umgeschmiert hatte, hatte Andi noch am selben Abend versucht, Anja anzurufen. Er kritzelte sich noch in der Kneipe ein paar Stichworte auf einen Zettel, die er Anja unbedingt sagen wollte, die er nicht vergessen durfte. Dass es ihm leidtat, zum Beispiel. Dass er nicht wollte, dass es so eskaliert. Dass er ihr sehr wohl zugehört hatte, dass er sich ändern wollte, wirklich und ehrlich. Dass der Himbeerbubi aber auch selbst schuld war, das strich er dann doch wieder durch, das käme sicher nicht so gut an. Ganz unten auf den Zettel schrieb er das Wort „Zechenhaus", dann wählte er Anjas Nummer. Weil sie nicht ranging, quatschte er den ganzen Sermon ein wenig hölzern auf ihre Mailbox. Den Teil mit dem Zechenhaus ließ er dann doch lieber weg.

Weil Anja nicht zurückrief, versuchte er es in den Wochen danach immer wieder. Die ersten paar Male hinterließ er bei jedem Anruf eine Nachricht, irgendwann dann nicht mehr. Er wusste einfach nicht mehr, was er noch sagen sollte. Anja, so schien es, machte Ernst. Es war aus und vorbei. Dann, nach Wochen, kam die Vorladung zum Prozess.

Anklage nach Paragraf 223, Körperverletzung, Andi kannte das schon. Der Pflichtverteidiger, den ihm das Gericht zuwies, riet ihm gleich beim ersten Gespräch dringend davon ab, weiter Kontakt zu seiner Ex-Freundin zu suchen: „Sollte das Gericht feststellen, dass Sie eine Zeugin bedrängen, Herr Sikorra, dann gehen Sie nicht mehr über Los. Dann ziehen auch keine 1.000 Euro ein. Dann gehen Sie direkt in den Knast." Okay, dachte Andi. Das habe ich verstanden.

Also hoffte er still, dass Anja sich meldet.

Was sie nicht tat.

Kurz vor dem Prozess schlug er dem Anwalt vor, dass der auf Notwehr plädieren solle. Der Himbeerbubi hatte schließlich angefangen, seine Heimatstadt beleidigt, ein verbaler Frontalangriff, wenn man so will. All das wollte Andi vor Gericht gern sagen, aber sein Pflichtverteidiger riet ihm mit Nachdruck davon ab.

„Lassen Sie mal gut sein, Herr Sikorra", sagte der Rechtsverdreher vor der Verhandlung. „Ich glaube nicht, dass diese Anmerkungen beim Gericht gut ankommen. Am besten lassen Sie mich reden."

Also sagte Andi gar nichts und hörte nur zu. Erst dem Himbeerbubi, der mit tränenerstickter Stimme mächtig auf Mitleid machte. Dann Anja, die als einzige Zeugin geladen war. Als sie in den Zeugenstand gerufen wurde, vermied sie es konsequent, in seine Richtung zu schauen. Auf die Frage, in welchem Verhältnis sie zum Angeklagten stehe, antwortete sie eisig: „Wir waren mal befreundet. Bis zum betreffenden Abend."

Das zu hören, aus Anjas Mund, traf Andi fast noch mehr als die Aussicht auf ein paar Monate Knast. Wie unter Drogen verfolgte er ihre Aussage. „Vollkommen unprovoziert" habe Andi zugeschlagen, sagte die Zeugin Anja, einem „arglosen Mann" mitten ins Gesicht, das sei im Übrigen typisch für „den Herrn Sikorra", der häufiger „Probleme mit seiner Impulskontrolle" habe. „Der Herr Sikorra." So nannte sie ihn wirklich.

Und dann kam er doch noch an die Reihe. Er sollte also etwas sagen. Etwas Versöhnliches. Okay, dachte Andi, das sollte ich vielleicht tun. Wenn mir der Richter schon diese goldene Brücke baut.

„Es tut mir leid", sagte er, mehr zu Anja als zu irgendwem sonst, obwohl Anja den Saal schon lange verlassen hatte.

„Wie bitte?", fragte der Richter. „Wir haben Sie jetzt nicht verstanden."

„Es tut mir leid", sagte Andi, diesmal lauter.

Dem Richter war das offenbar noch nicht genug.

„Was tut Ihnen leid?"

Meine Fresse, dachte Andi, was denn nun noch?

„Dass ich den Himb..., den Herrn geschlagen habe. Das hätte nicht passieren dürfen. Und ich möchte noch etwas sagen." Aus den Augenwinkeln sah Andi, wie der Pflichtverteidiger nervös zu zucken begann. „Ich möchte sagen, dass ich in den letzten Wochen sehr viel nachgedacht habe. Ich habe diesen Fehltritt teuer bezahlt. Sehr teuer sogar. Ich habe wegen dieser Schlägerei jemanden verloren, der mir viel bedeutet hat. Sehr viel sogar. Diese Person will keinen Kontakt mehr zu mir haben. Das tut mehr weh als jede Strafe, die Sie mir aufbrummen könnten."

Er wandte sich dem Himbeerbubi zu.

„Es tut mir leid. Ich hoffe, Ihre Verletzung ist wieder vollständig verheilt. Ich möchte Sie aufrichtig um Entschuldigung bitten."

Der Himbeerbubi blinzelte unsicher hinter seiner neuen Brille.

„Geht doch", sagte der Richter, stand auf und zog sich mit den Schöffen zur Beratung zurück.

Zehn Minuten später betraten sie mit ernsten Mienen wieder den Gerichtssaal. Zehn Minuten, in denen Andis Mutter angestrengt aus dem Fenster geguckt oder gekritzelt hatte, seine Blicke konsequent vermeidend. Ich frage mich, was sie da schreibt, dachte Andi. Vermutlich einen Einkaufszettel. Der Richter nahm Platz und räusperte sich.

„In der Strafsache gegen Herrn Andreas Hermann Sikorra ergeht folgendes Urteil: Der Angeklagte wird zu einer Zahlung von 2.000 Euro Schmerzensgeld und zur Ableistung von 400 Sozialstunden verurteilt. Gegen dieses Urteil können Rechtsmittel oder Revision eingelegt werden."

Von allem, was folgte, bekam Andi kaum noch etwas mit. Er musste nicht in den Bau. Er musste nicht in den Bau! Ihm wurde ganz schwummerig vor den Augen. Vor lauter ungläubiger Freude verpasste er es komplett, der Urteilsbegründung des Richters zu lauschen – die sowieso vom lauten, glückseligen Schluchzen der Reporterin in der letzten Reihe übertönt wurde.

Dass der Richter ihm erklärte, dass es ein Leichtes gewesen wäre, ihn in den Knast zu stecken, dass er das sogar fest vorgehabt habe, dass aber Andis letzte Worte das Gericht dazu bewogen hätten, ein letztes, ein allerletztes Mal Gnade vor Recht ergehen zu lassen, dass er, Andi, nun die Chance habe, etwas Sinnvolles zu tun, dass dafür auch allerhöchste Zeit sei, dass er sich innerhalb einer Woche eine Stelle zur Ableistung seiner Strafe zu suchen habe und ansonsten eine zugeteilt bekomme – das alles musste der Verteidiger Andi später draußen vor dem Gerichtssaal erklären, wo sie sich auf eine Bank setzten, an deren Ende der angeleinte Chihuahua seiner Mutter eine kleine Pfütze gepisst hatte.

Kapitel 4 – Nachholspiel

„Komm hier, Sikorra. Trink mal 'nen Uerdinger mit."

Jetzt geht das wieder los, dachte Hermann.

„Ich mag kein' Schnaps."

„Der ist aber lecker", sagte der Schwatte und hielt ihm das Pinnchen unter die Nase, als sollte ihn der beißende Gestank des Wacholders betören.

„Schnaps ist nicht lecker", sagte Hermann ein bisschen genervt. „Erdbeeren sind lecker."

„Der schmeckt richtig schön nussig."

„Wenn ich was Nussiges will, dann esse ich 'ne Nuss."

Natürlich trank Hermann den Schnaps dann doch, der überhaupt nicht nussig schmeckte, eher nach Seife und Waschbenzin. Er knallte das leere Pinnchen auf den Tresen unter dem kleinen Fenster, aus dem heraus der Schwatte Schnaps, Bier und halbe Mettbrötchen mit Zwiebeln verkaufte. Hermann schüttelte sich. Sollte der einzige bleiben, dachte er, sonst macht mir Else die Hölle heiß.

Hermann war gut gelaunt. Er hatte ganz vergessen, dass heute Nachholspiel war. Er drehte seine abendliche Runde mit Osama, die überhaupt die einzige Runde mit dem Köter war, die er nicht total ätzend fand. Abends konnte er immer noch mal kurz am Fußballplatz vorbeigehen, irgendwas und irgendwer waren da immer. Montags, mittwochs und freitags trainierte die Erste Mannschaft. Warum die so viel trainieren und dann doch so scheiße spielen, das weiß kein Mensch, dachte Hermann und schmunzelte.

Dienstags übte die Zweite, donnerstags die Damen. Donnerstags blieb er meist nicht lang. „Da kann ich mir lieber Büffel angucken, die ihre Schädel gegeneinander rammen", scherzte er mit dem Schwatten gern über die Damenmannschaft. Immer ganz leise, es war längst nicht mehr korrekt, sich über Frauenfußball lustig zu machen, nicht einmal bei Vorwärts 08 Bottrop.

Eine Weile stand Hermann schweigend am Tresen und beobachtete das Treiben auf dem schlammigen Ascheplatz. Viel besser als aufeinanderprallende Büffel ist das aber heute auch nicht, dachte Hermann. Vorwärts gegen den Spiel- und Sportclub Oberhausen 1921, kurz: SuS 21, noch kürzer: Schleuse, weil der Platz der Oberhausener gleich neben einer Schleuse im Rhein-Herne-Kanal lag. Unter Gastmannschaften hatte es lange einen inoffiziellen Wettstreit gegeben, wem es gelang, während eines Spiels bei Schleuse die meisten Bälle über den Fangzaun in den Kanal zu schießen. Irgendwann beschloss Schleuse schließlich, das Geld nicht länger in neue Bälle, dafür lieber in einen höheren Fangzaun zu investieren. Der Wettstreit war vorbei, der Name Schleuse blieb.

Hermann wandte sich ab und schaute dem Schwatten beim Schmieren der Mettbrötchen zu. Der Schwatte benutzte dazu eine Gabel, mit der er große Brocken Mett aus einer Papiertüte pikte, die den Aufdruck „Metzger Mengede – Ihr Fleisch ist uns nicht Wurst" trug. Den Mettklumpen streifte er mit den Fingern von der Gabel, drückte ihn dann mit dem Handballen auf dem Brötchen platt. Mit wie viel Liebe er das macht, dachte Hermann. Wie ein Dachdecker. Er quetscht das Mett in jede hinterletzte Ecke des Brötchens. Wäscht er sich nach dem Pinkeln die Finger? Hermann beschloss, heute mal kein Mettbrötchen zu essen.

Manchmal glaubte Hermann, dass der Schwatte hinter dem Tresen des Vereinsheims wohnte. Er war jedenfalls immer da. Egal an welchem Wochentag, egal zu welcher Tageszeit – wann immer Hermann zum Fußballplatz kam, guckte der Schwatte aus seiner Luke heraus, reichte Bier über den Tresen oder bellte obszöne Witze. Hermann hatte keine Ahnung, wie der Schwatte wirklich hieß. Er war halt einfach der Schwatte. Kalle kannte ihn noch aus der Schule und hatte Hermann mal erzählt, dass der Spitzname was mit den Haaren des Schwatten zu tun hatte. Die waren früher wohl mal pechschwarz und stets fein onduliert gewesen. Muss sehr viel früher gewesen sein, dachte Hermann. Die kargen Haarreste, die sich jetzt noch an den Kopf des Schwatten klammerten, hatten die Farbe von schmutzigem Schnee. Zum Ondulieren war nicht mehr viel übrig. Um das zu kaschieren, ließ sich der Schwatte das Resthaar links lang wachsen und kämmte es sich über die Glatze hinüber nach rechts, wo er es mit viel Haargel am dort noch übrigen Haarkranz festklebte.

Den Gesamteindruck rundete ein grauer Hausmeisterkittel ab, den der Schwatte jeden Tag trug. Hermann wusste nicht, ob der Schwatte davon mehr als einen hatte. Oder ob er den Kittel vor dem Schlafengehen auszog. Er kannte ja nicht mal seinen richtigen Namen. Ist doch egal, dachte Hermann. Namen sind Schall und Rauch. Ich weiß ja auch nicht, wie Hunde-Werner richtig heißt. Oder Karstadt-Klaus. Wichtig ist, dass der Schwatte in Ordnung ist. Und das ist er. Ein ganz dufter Kumpel. Nicht alle Tassen, dafür immer kaltes Bier im Schrank.

80 Minuten waren gespielt, Vorwärts lag 0:1 zurück. Ein Schiri war nicht gekommen, das war nicht verwunderlich. Kreisliga C am Montagabend, 20 Uhr, da können die meisten Kreisliga-Schiedsrichter doch schon lange nicht mehr fahren, dachte Hermann. Sein Kumpel Kalle hatte sich die Pfeife gegriffen, er gab häufig mal den Schiri, wenn kein echter kam. Kalle genoss es sichtlich, mal 90 Minuten am Stück recht zu haben. Er pfeift

besser, seit er sich von der Schmeißfliege getrennt hat, dachte Hermann. Lässiger irgendwie.

Kalle, in fleckiger Anzughose, Freizeithemd und Lederschuhen, sah auf dem Feld aus, als habe er sich verlaufen, als sei er zufällig in dieses Spiel geraten, als habe das Spiel um ihn herum begonnen, als er gerade zufällig am Mittelpunkt herumstand. Das stimmte ja eigentlich auch: Kalle stolzierte über den Platz wie ein Pfau, gemächlichen Schrittes und permanent darum bemüht, bloß nicht ins Schwitzen zu geraten. Dabei blieb er so konsequent im Mittelkreis, als sei dieser umzäunt.

Kalle war schon mit Anfang 40 in Rente gegangen, ein Arbeitsunfall auf Zeche Prosper Haniel hatte ihn den linken Unterarm gekostet. Am verbliebenen Stumpen trug er eine Prothese, die in einer Plastikhand endete. Mit einem schwarzen Handschuh geschmückt, trug Kalle diese für gewöhnlich in einem geöffneten Hemdknopf über dem Bauch spazieren. Das sah ein bisschen aus wie bei Napoleon. Es passte ganz gut zum Habitus, mit dem Schiri Kalle seine Spiele lenkte. Seine Entscheidungen untermalte er mit ausfernden Gesten des einen Armes, der ihm geblieben war. Bei strittigen Situationen, die sich an den fernen Enden des Platzes abspielten, kniff er einen Moment lang die Augen zusammen und tat dann mit Bestimmtheit so, als hätte er alles ganz genau gesehen. Manchmal, wenn er sich überhaupt nicht sicher war, blickte er zu Hermann herüber, der zeigte dann unauffällig zur Eckfahne, und Kalle rief: „Ecke!"

Der Moneymaker gesellte sich zu Hermann an den Tresen. Ein wahnsinnig fetter Kerl, der stets behauptete, er habe früher Zweite Bundesliga gespielt. „Bei Rot-Weiss Essen, aber nur zwei Spiele, dann hab ich mir das Syndesmoseband gerissen, und dann war Schluss mit der Karriere. Dann bin ich Funktionär geworden." Hermann bezweifelte das. Er bezweifelte auch, dass der Moneymaker wusste, was ein Syndesmoseband war, wo er in seinem Körper eines hatte oder wie man das überhaupt schreibt: Syndesmose.

„Tach", sagte Hermann. Der Moneymaker nickte kurz zur Begrüßung, bestellte zwei Pils und zwei Wacholder: „Du auch einen, Schwatten? Dann mach drei."

Der Moneymaker war Schatzmeister bei Vorwärts 08. Seinen echten Namen kannte Hermann ausnahmsweise mal, der Moneymaker hatte seinen Spitznamen noch nicht so lang. Er hieß eigentlich Manfred, Manfred Macha. Jahrelang hatten ihn alle einfach nur Manni genannt, bis zu diesem verhängnisvollen Tag, als Vorwärts eine Mannschaft aus Blackpool zu einem Freundschaftsspiel zu Gast hatte und sich Manni Macha, eine halbe Flasche Uerdinger intus und des Englischen nur bedingt mächtig, vor der Gastmannschaft aufbaute und sprach: „I am Manni Maker. I am a Red White Eaten player."

Genial, dachte Hermann. Manni Macha. Money maker. Schatzmeister. Dass wir da nicht früher drauf gekommen sind.

Der Moneymaker schnaufte. Er schnaufte eigentlich immer, weil er so ein Brocken war. „160 Kilo Kampfgewicht", sagte er stets, „aber ohne Knochen!" Den Schwatten nervte das Schnaufen, seit sie sich kannten.

„Du pustest", schimpfte er immer, „hör auf damit!"

„Ich atme", sagte der Moneymaker dann, „und wenn ich damit aufhöre, dann hab ich ein Problem."

„War beim Arzt gewesen", sagte der Moneymaker jetzt unvermittelt und trank einen großen Schluck Bier. Er rülpste. „Der sagt, ich soll mehr Brokkoli essen. Wegen die Vitamine."

Und jetzt kommt der Wacholderwitz, dachte Hermann.

„Brokkoli mag ich aber nicht", sagte der Moneymaker. „Zum Glück is Wacholder auch grün. Hähähä. Machse mir noch einen, Schwatten?"

Und jetzt kommt der Blick-ins-Grüne-Witz, dachte Hermann.

Der Schwatte lugte aus seinem Fenster hervor und rief: „Oder viel ins Grüne gucken! Dat hilft auch! Hähä! Hähä!"

Lustig, dachte Hermann, während die beiden noch ein bisschen hähäten. Immer wieder lustig. Vielleicht sollte ich heimgehen, „Aktenzeichen" fängt gleich an. Vielleicht habe ich Glück und Else ist schon im Bett. Dann könnte ich gemütlich die Füße auf den Tisch legen und vor der Glotze noch ein Bierchen trinken.

„Noch einen?", fragte der Schwatte. Schweigend schob ihm Hermann das leere Pinnchen hin. „Geht doch", sagte der Schwatte und goss ein. Hermann trank und schüttelte sich. „Pils nehme ich auch noch."

Auf dem Platz kam jetzt ein bisschen Action auf. Kalle hatte aus der sicheren Distanz des Mittelkreises heraus ein Foulspiel eines Schleuse-Verteidigers an einem Vorwärts-Stürmer gesehen und blitzschnell auf Strafstoß entschieden. Die Folgenschwere der Entscheidung bewegte ihn nun erstmals dazu, den Mittelkreis zu verlassen und sich strammen Schrittes Richtung Tatort zu begeben, wo sich vor ihm eine schwarz-gelbe Wand aus aufgebrachten Schleusianern aufbaute. Kalle verzog keine Miene und hielt sich mit dem einen Arm die schimpfende Meute vom Leib.

Der Verteidiger, der das vermeintliche Foul begangen hatte, ließ sich überhaupt nicht mehr beruhigen. „Weißt du, was du bist?", fauchte er den Vorwärts-Stürmer an, der sich noch immer leidend am Boden wälzte. „Ein Wichser bist du! Ein ganz abgewichster Wichser!"

Dann wandte er sich Kalle zu.

„Du bist doch gar kein Schiri, du Vogel", schimpfte er auf Kalle ein. „Du warst doch 100 Meter weg! Wie willst du das denn gesehen haben?" Kalle kniff die Augen zu einem Schlitz zusammen und presste die Lippen aufeinander. Oha, dachte Hermann. Jetzt wird er sauer.

„Habt ihr keinen anderen Alkoholiker hier, der eine Trillerpfeife halten kann?", schimpfte der Verteidiger weiter. „Einen vollständigen vielleicht? Einen mit zwei Armen? Das wäre doch mal ein Anfang! Ohne Arme keine Kekse, verstehse?"

Hui, dachte Hermann, das war nicht nett.

Kalle war nicht sehr empfindlich, was sein Handicap anging. Er machte ja selbst gern Späße darüber. Manchmal stopfte er sich Münzen in den Mund, dann musste Hermann an seiner Prothese ziehen, Kalle machte ein paar ratternde Geräusche und spuckte die Münzen dann nach und nach aus. „Einarmiger Bandit" nannte er diesen Gag. Aber das hier auf dem Platz, das ging zu weit. Kalle war schließlich der Schiri, und der Schiri hat immer recht. Recht und eine Trillerpfeife am Schlüsselbund, dachte Hermann. Aber eine Rote Karte? Die hat er bestimmt nicht dabei in seinem Freizeithemd. Kann ja keiner ahnen, dass das hier so aus dem Ruder läuft.

Kalle holte tief Luft.

„Hiermit", rief er so laut und so deutlich, wie er konnte, „spreche ich Ihnen eine Rote Karte aus. Bitte verlassen Sie umgehend das Spielfeld!"

Der Verteidiger dachte gar nicht daran.

„Du Asi!", schimpfte er mit puterrotem Kopf auf Kalle ein, während ihn fünf seiner Mitspieler Stück für Stück vom Platz Richtung Umkleidekabine schoben. „Du Penner! Komm runter vom Platz, du Vogel! Dann reiß ich dir den anderen Flügel auch noch aus!"

Hermann kicherte. Der war nicht schlecht.

Kalle blickte dem Schimpfenden hinterher, drehte sich zu Hermann und zuckte mit den Schultern. Hermann reckte zwei Daumen in die Luft. „Gut gemacht, Schiri!", rief er seinem Kegelbruder zu. „Mach mal Feierabend nach dem Elfer und komm rüber hier. Hast dir dein Bierchen verdient!"

„Was'n los?" Der Schwatte steckte den Kopf aus seiner Luke. Er hatte Zwiebeln für die Mettbrötchen geschnitten und sah nun ganz verheult aus. „Hab ich was verpasst?"

„Nö", sagte der Moneymaker, während der Trainer von Schleuse seinen noch immer wüst schimpfenden Verteidiger in der Umkleidekabine einschloss. „Schleuse verliert die Nerven. Man darf nie die Nerven verlieren. Früher, bei RWE, da haben wir nie die Nerven verloren."

Dann faselte er etwas von einem Spiel gegen Preußen Münster, in dem er mal einen Freistoß aus 30 Metern in den Winkel geknallt habe, und der Schiri habe dann aber behauptet, er habe den Freistoß noch nicht freigegeben. Scheißegal, habe der Moneymaker da gedacht, dem würde er es jetzt zeigen, und dann habe er den Ball noch mal hingelegt, den Pfiff diesmal abgewartet und den Ball dann einfach noch mal aus 30 Metern in den Winkel gehauen, weil er eben nie die Nerven verloren habe, nie.

Opa erzählt wieder vom Krieg, dachte Hermann.

„Mal was anderes", sagte er, um sich nicht noch mehr von diesem RWE-Quatsch anhören zu müssen. „Mein Junge hat ein bisschen Ärger mit der Justiz. Weiß einer von euch 'ne gute Adresse, wo er Sozialstunden abreißen kann?"

„Ich weiß 'ne Adresse", sagte Kalle, der gerade vom Platz stolziert kam. Er hatte nach dem verwandelten Elfmeter erst gar nicht wieder angepfiffen, und während die Spieler auf dem Platz noch immer wild diskutierten, legte er Hermann seine echte Hand auf die Schulter.

„Im städtischen Möbellager brauchen sie immer kräftige Jungs. Das wäre doch was für Andi. Die Flausen treiben sie ihm da schon aus. Schwatten, machste vier Wacholder?"

Kapitel 5 – Frau Herrbusch

„Hier", sagte sein Vater beiläufig und warf Andi einen klebrigen Bierdeckel über den Tisch. „Ruf da mal an! Hat mir Kalle empfohlen. Da kannst du prima Sozialstunden machen."

„Was ist denn das?", fragte Andi.

„Möbellager. Wohnungen ausräumen, Sofas schleppen, ins Lager fahren, dort an Bedürftige verkaufen. Kein Traumjob, aber immer noch besser, als Omas aufs Töpfchen zu setzen."

Hermann blickte sich um, schob dann leise feixend hinterher: „Oder ich stelle dich hier ein. Als privaten Zivi für deine Mutter."

„ICH HABE DAS GEHÖRT", donnerte die Stimme seiner Mutter aus der Küche. Zur Begrüßung hatte sie Andi das gewohnte Küsschen auf die Wange verweigert, sich stattdessen umgehend in die Küche verkrochen, wo sie seitdem grummelnd Kartoffeln schälte. Sie war offenbar immer noch wütend wegen des Gerichtsverfahrens.

Andi nahm sich fest vor, seine Mutter beizeiten um Entschuldigung zu bitten. Heute war noch nicht der Tag dafür, das spürte er, immerhin hatte seine Mutter ein Kartoffelschälmesser in der Hand.

Vielleicht sollte ich Mama einfach mal ein paar Blümchen mitbringen, dachte Andi, als er ein paar Tage später in der Küche seiner Wohnung die Taschen seiner Jeansjacke durchsuchte. Die Wut seiner Mutter verrauchte meist so schnell, wie sie aufzog, das wusste er aus jahrelanger Erfahrung. Er fand den klebrigen Bierfilz ganz unten in einer Innentasche. Die Nummer war noch lesbar, der Name aber unter einem dicken angetrockneten

Tropfen verwischt, der nach Wacholder stank. Irgendwas mit H. Oder B? Egal.

Andi holte tief Luft, räusperte sich und tippte die Nummer in sein Handy. „Sei nett zu denen!", hatte ihm sein Vater noch mit auf den Weg gegeben. „Sei freundlich, demütig und zurückhaltend. Dann sind die auch nett zu dir. Und geben dir keine Scheißaufgaben. Die gibt es da nämlich auch."

Freundlich. Demütig. Zurückhaltend. Mein zweiter, dritter und vierter Vorname, dachte Andi und musste grinsen. In diesem Moment meldete sich am anderen Ende der Leitung eine glockenhelle Stimme.

„Busch, Möbellager der Stadt Bottrop."

„Einen wunderschönen guten Tag, Frau Busch", sagte Andi und goss dabei so viel honigsanften Bass in seine Stimme, wie er nur konnte. „Karlheinz Schulz, ein lieber alter Freund meiner Familie, war so freundlich, mir Ihre Rufnummer zu geben. Bitte entschuldigen Sie die Störung! Es geht um ..."

„Herr Busch", unterbrach ihn die Fistelstimme.

Andi stockte kurz.

„Oh, Verzeihung, Frau Herrbusch. Das tut mir leid. Wie gesagt, es geht um einige Sozialstunden, die ich abzuleisten habe, und ..."

„Herr Busch", unterbrach ihn die Stimme am anderen Ende erneut. „Sie sprechen mit Matthias Busch."

Es folgte ein eisiges Schweigen. Super, dachte Andi. Das fängt ja dufte an.

Das Gespräch dauerte dann auch nicht mehr lang. Herr Busch bellte Andi ein paar Eckdaten zu: wann und wo er sich einzufinden habe, was er mitzubringen habe, was passiere, wenn er gegen die Auflagen der Sozialstunden verstoße. Er schloss er das Telefonat mit einem Satz, der trotz seiner kieksenden Stimme zutiefst boshaft klang:

„Für Leute wie Sie finden wir immer etwas Geeignetes."

Dann legte der Chef des Möbellagers grußlos auf.

Oha, dachte Andi. Für Leute wie mich? War das jetzt eine Drohung?

Kapitel 6 – Zum Grieche 1

„Hast du da angerufen?"

Hermann pikte ein paar Pommes auf die Gabel und vermied es, seinen Sohn anzusehen. Die Frage sollte möglichst beiläufig klingen, obwohl sie Hermann Herzrasen machte.

Er rechnete damit, dass Andi

a)   noch nicht im Möbellager angerufen,

b)   den Bierdeckel verloren oder ihn

c)   weggeschmissen hatte.

Eigentlich, ganz tief in sich drin, war Hermann fest davon überzeugt, dass

d)   ihr regelmäßiger Vater-Sohn-Ausflug in die
         Pommesbude demnächst eine ganze Weile lang
         ausfallen würde. Dann nämlich, wenn sich Andi nicht
         um eine Stelle für seine Sozialstunden kümmerte.
         Und deshalb in den Knast müsste.

Die Pommesbude am Ende der Scharnhölzstraße wurde von drei Generationen einer Familie aus Thessaloniki betrieben, deren Männer aus Gründen der Tradition mit Vornamen allesamt Costa hießen. Das hatte etwas Gutes: Egal, ob nun gerade Opa, Sohn oder Enkel Gramatikopoulos hinter der Theke standen, Hermann und Andi riefen beim Hereinkommen immer: „Tach, Costa. Zweima wie immer." Sie machten sich längst nicht mehr die Mühe, zur Bestellung bis zum Tresen zu laufen. An der Garderobe neben dem

Eingang hängten sie ihre Jacken auf, setzten sich dann gleich auf ihren Stammplatz am Fenster.

Einer der Costas – meist war es der mittlere, der deutlich mehr Zeit an der Fritteuse verbrachte als sein Vater und sein Sohn – brachte dann immer zwei halbe Liter Pils, etwas später einen Saloniki-Teller für Hermann – Gyros, Bifteki, Pommes, Zwiebeln, Tsatsiki – und eine Curryfrikadelle Doppelpommes Doppelmayo für Andi.

Jeden Montag saßen sie hier, immer ab 18 Uhr. Montag war der Tag, an dem sich Else weigerte zu kochen.

„Is noch genug vom Wochenende da", hatte sie immer gesagt, als sich Hermann noch darüber beschwert hatte. „Mach inne Mikrowelle rein, zwei Minuten reicht. Oder weiß der Herr nicht, wie man das Dingen bedient? Soll ich das auch noch machen?"

Ein paar Mal hatte Hermann versucht, das Thema „klassische Rollenverteilung im Haushalt" mit Else zu diskutieren. Jedes Mal hatte sie ihn als „Schowi" beschimpft. Hermann wusste nicht genau, was Else damit sagen wollte. Es war eines dieser Wörter, die seine Gattin in den Frauenzeitschriften auflas, die sie regelmäßig über kostenlose Probeabos bestellte und die Hermann spätestens nach Auslieferung der zweiten Ausgabe zum Einsammeln von Osamas Haufen mitnahm, ohne dass Else zuvor einen Blick hineingeworfen hatte. Die Zeitschriften hießen immer „Tina", „Ina" oder „Nina" und waren nicht besonders hundekackeresistent, weshalb Hermann pro Haufen eine gesamte Zeitschrift benötigte, um sich nicht die Finger zu versauen.

Montage in der Pommesbude hatten noch einen weiteren Vorteil: Hunde hatten bei Costa, Costa und Costa keinen Zutritt. Hermann leinte den Köter deshalb jeden Montag draußen neben der Tür an. Wenn es regnete, schaute er Osama kauend durch das Fenster dabei zu, wie der Hund langsam nass wurde.

Hermann genoss die Abende allein mit seinem Sohn. Nur selten hatten sie Gesellschaft, meist zufällig, wenn der Schwatte, Kalle oder dieser nichtsnutzige Kumpel von Andi, der sich selbst „Rock 'n' Rolf" nannte, auch gerade Pommes holen wollten. Die setzten sich dann manchmal auf ein Bier zu ihnen und quatschten ein bisschen über Schalke, über Vorwärts und über Frauen im Allgemeinen und Speziellen.

Ein einziges Mal hatte Andi sogar eine Frau mitgebracht, da wusste Hermann gleich: Das ist was Ernstes. Anja bestaunte die Pommesbude, als sei sie in einem Museum. Und sie lachte sich den halben Abend über den Namen des Imbisses kringelig. Hermann verstand bis heute nicht, was zur Hölle an „Zum Grieche" so lustig sein sollte.

Danach brachte Andi seine Freundin noch ein paar Mal mit zu Hermann und Else nach Hause. Es waren immer ausnehmend nette Abende. Diese Frau tat Andi offensichtlich gut, umso mehr tat es Hermann leid, dass das mit den beiden nun Geschichte war. Else hatte so was angedeutet, nachdem sie bei Andis Gerichtsverfahren gewesen war.

Hermann nahm sich vor, seinen Sohn bei Gelegenheit mal auf Anja anzusprechen. Erst mal aber hatten sie etwas anderes zu klären.

Waren sie unter sich, dann sprachen sie nicht viel. Sie konzentrierten sich aufs Essen, und das Schweigen zwischen ihnen war wohlig und warm, nicht unangenehm, weil irgendetwas nicht ausgesprochen war.

Heute nicht. Heute hatte Hermann etwas auf dem Herzen. Heute hatte er Angst um seinen Sohn und deshalb mit der Frage, die ihn so quälte, nicht einmal bis nach dem Essen warten können. Umso mehr überraschte ihn Andis prompte Antwort.

„Jau, hab da angerufen."

„Und?"

„Läuft."

„Heißt?"

„Nächste Woche geht's los."

Hermanns Herz machte einen kleinen Hüpfer. Guter Junge, dachte er. Mein Junge. Dann gibt's vielleicht doch weiter montags Saloniki-Teller. Mit einem seligen Lächeln auf den Lippen schaute er durch das Fenster in die Nacht. Es goss in Strömen.

Die Tür der Pommesbude flog auf. Rock 'n' Rolf kam herein, schüttelte sich den Regen aus dem zurückgegelten Haar und murmelte etwas, was klang wie „arme Töle". Er sah Hermann und Andi nicht, die schräg hinter ihm in der Ecke saßen, und ging zur Theke, wo heute mal wieder der mittlere Costa Dienst schob.

„Einmal Pommes", sagte Rolf.

„Einfach?", fragte der mittlere Costa.

„Jau."

„Wat drauf?"

„Nee."

„Mitnehmen?"

„Jau."

„Einpacken?"

„Ja doch."

„Was trinken dazu?"

Rock 'n' Rolf platzte der Kragen.

„Meine Fresse, bin ich hier bei Günther Jauch, oder was? Einfach einmal Pommes zum Mitnehmen. Nix drauf, nix extra, kein Gedöns, einpacken, feddich machen, gut is. Salz wäre dufte. Danke schön."

Er wendete sich kopfschüttelnd ab und sah dann erst die beiden Sikorras, die den kleinen Dialog belustigt verfolgt hatten.

„Mensch!", rief Rolf und schob ein „Is doch wahr" in Richtung des mittleren Costas hinterher. Dann überlegte er es sich anders und drehte sich noch einmal zum Tresen um.

„Hömma, Costa, ich nehme doch ein Pils. Das trinke ich gleich hier mit meinen Freunden. Und die Pommes esse ich auch hier. Mach aufn Teller. Und mach mal doch Mayo drauf. Aber nur bisschen. Und bisschen Ketchup."

Kapitel 7 – Zum Grieche 2

Die Abende mit seinem Alten in der Pommesbude waren gar nicht so schlecht, dachte Andi, während sich Rolf mehrere Pommes gleichzeitig in den Mund stopfte, was ihn trotzdem nicht vom Reden abhielt. Andi konnte nicht kochen, er hatte also selten etwas Warmes zu essen zu Hause. Seit er Anja nicht mehr sah, war die Anzahl der warmen Mahlzeiten, die Andi pro Woche zu sich nahm, noch einmal drastisch gesunken. Für heute war dieses Problem also schon mal gelöst.

Beim Griechen war es auch besser als bei seinen Eltern zu Hause. Seine Mutter kochte zwar für gewöhnlich dufte deftige Küche – Else war vom alten Schlag, sie rollte die Frikadellen noch unter dem Arm –, seit dem Eklat vor Gericht waren aber die Familientreffen alles andere als unbeschwert.

Aus den immer gleichen Vorwürfen, an die sich Andi über die Jahre schon gewöhnt hatte (Wann er denn mal an die Zukunft denken wolle? Sich einen vernünftigen Job zu suchen gedenke? Seiner alternden Mutter die größte aller Freuden bereiten und ihr ein Enkelkind schenken werde?) war zuletzt ein eisiges Schweigen geworden. Daran hatten auch die bunten Tulpen nichts geändert, die Andi seiner Mutter am vergangenen Sonntag mitgebracht hatte.

Als ihm das Schweigen zu viel geworden war, hatte sich Andi aufs Klo verzogen. Da war es auch still, aber nicht so unangenehm. Er griff sich den „Kicker" von September 1986, den Hermann in einem kleinen Regal neben der Toilette deponiert hatte, als Andi noch ein Kind gewesen war, und las zum ungefähr 250. Mal, wie Gerhard Kleppinger am sechsten Spieltag der Saison 86/87 Borussia Dortmund im Derby zwei Dinger eingeschenkt hatte.

Andi wusste, dass sein Vater in seiner Abwesenheit Partei für ihn ergriff. Als er vom Klo zurückkam, erlebte er noch die Reste des Dauerfeuers an Vorwürfen, mit dem seine Mutter seinen Vater überzog. Da hatte sich aus Wut auf ihn offenbar einiges aufgestaut, das sich nun am armen Hermann entlud. Ob er grundsätzlich immer alles gut finden müsse, was sein feiner Herr Sohn so treibe, zeterte Else. Und außerdem: Der Müll müsse runter, die Küche gestrichen, die Garage aufgeräumt, der alte Schrank aus dem Keller auseinandergebaut und zur Kippe gebracht werden. Andi glitt zurück an seinen Platz, nahm sich beiläufig noch eine Frikadelle und schickte seinem Vater einen mitfühlenden, dankbaren Blick über den Tisch.

Ein weiterer Grund, warum die Abende beim Griechen prima waren: Sein Alter bestand darauf, zu zahlen. „Du hast doch selbst kein Hemd auf 'm Arsch", hatte Andi anfangs noch protestiert. War doch wahr: Das ganze Leben hatte sein Vater auf Zeche malocht, und übrig blieb eine lächerlich kleine Rente. Richtigen Urlaub hatten er und seine Eltern zuletzt Mitte der 80er-Jahre gemacht. Da war Andi ungefähr sechs Jahre alt gewesen. Zwei Wochen Dänemark, ein Ferienhaus am Meer. Auf dem Rückweg dann noch ein paar Tage Hamburg, weil seine Mutter unbedingt ein Musical sehen wollte und „dieses Hanseatische, dieses Weltoffene" so sehr mochte.

Von Hamburg erzählte sie heute noch, da geriet sie immer richtig ins Schwärmen: „Cats", Hafenrundfahrt, Fischbrötchen und Elbstrand. „Hach", pflegte seine Mutter dann stets zu sagen, „eigentlich müsste man mal wieder nach Hamburg fahren." Die Hamburg-Schwärmerei seiner Mutter gehörte mindestens genauso zum sonntäglichen Abendessen wie die Frikadellen.

Andi und seine Eltern waren nie wieder dort gewesen. Wenn Else und Hermann sich von ihrer schmalen Rente mal was gönnen wollten, dann fuhren sie für ein Wochenende in den Sauerland

Stern. Das war das höchste der Gefühle: mit dem Regionalexpress in ein Viersternehotel, eine Thermoskanne Kaffee und eine Tüte voller Butterbrote dabei, weil das Essen dort so teuer war. Aber der letzte Kurzurlaub war auch schon wieder ein paar Jahre her.

Trotzdem ließ Hermann nicht mit sich reden. Wenn Vater und Sohn essen gehen, dann zahlt der Vater, basta. So sah Hermann das.

Am besten waren die Abende, die aus dem Ruder liefen. So wie dieser hier. Rock 'n' Rolf hatte sich ordentlich in Rage geredet, eine Runde Pils jagte die nächste, und auch Costa ließ sich nicht lumpen. Den ersten Ouzo „auf Haus, für meine Freunde" tat er schon vor dem Essen raus. Andi glaubte, der Schnaps sollte vor allem darüber hinwegtäuschen, dass das Pommesfett nicht immer ganz frisch war. Mittlerweile waren sie bei den Ouzos im zweistelligen Bereich angelangt, sein Vater guckte schon ganz schief, während Rolf ausführlich erklärte, warum die Vier-Minu-ten-Meistermannschaft von 2001 so viel besser gewesen sei als das Team, das 2014 die beste Rückrunde der Vereinsgeschichte spielte, und dass es sowieso nie einen besseren Schalker gegeben habe als Jiří Němec. Andi versuchte erst gar nicht, etwas zu erwi-dern. Rolf hörte ohnehin nicht zu, wenn er sich einmal in Fahrt gequasselt hatte.

Andi beobachtete lieber seinen Vater, der unauffällig versuchte, seinen Blick auf Rolf scharf zu stellen, doch das gelang Her-mann nicht mehr. Jetzt macht er gleich einen polnischen Abgang, dachte Andi. Den machte sein Vater immer, wenn er genug hatte und nicht diskutieren wollte, ob er nicht wenigstens noch einen Absacker trinken wollte, einen letzten, einen allerletzten.

Und so kam es dann auch.

Sein Vater erhob sich, murmelte etwas Unverständliches, in dem das Wort „Klo" vorkam, kletterte umständlich um den Tisch herum, rammte dabei erst Andis Stuhl, dann Rolf, dann gleich den ganzen Tisch, sammelte sich, ging mit kleinen, festen Schritten Richtung Toilette, griff auf Höhe des Ausgangs mit einer überraschend behänden Bewegung seinen Hut und seine Jacke von der Garderobe und war aus der Tür. Im Windfang bekam er plötzlich Schlagseite, krachte mit der Schulter gegen die Fensterscheibe zum Gastraum, ehe er umständlich den Hund losknotete und im Dunkel der Nacht verschwand.

Andi lächelte. Glaubte der alte Mann wirklich, dass man mit so viel Getöse unbemerkt verschwinden konnte? Er blickte seinem Vater versonnen nach und bemerkte dabei nicht, dass Rolf schon seit ein paar Sekunden schwieg.

Kacke, dachte Andi, er hat eine Frage gestellt. Jetzt nur nichts anmerken lassen.

„Olaf Thon", sagte Andi.

„Hä?", fragte Rolf.

Es musste bei Rolfs Monolog um Schalke gegangen sein, und da war „Olaf Thon" mit sehr großer Wahrscheinlichkeit eine taugliche Antwort.

„Olaf Thon!"

„Du hast mir nicht zugehört, du Penner", lallte Rolf belustigt. „Ich hab dich gefragt, ob du was von deiner Perle gehört hast."

Andi senkte den Blick und schüttelte den Kopf. Rolf merkte, obwohl tüchtig beschwipst, dass er an dieser Stelle besser nicht mehr nachbohren sollte.

„Und ich habe auch noch gefragt, wo du deine bekackten Sozialstunden abreißen willst. Oder macht Olaf Thon jetzt auf Bewährungshelfer?"

Erleichtert, dass es wieder etwas zu lachen gab, lachte Andi laut auf. Rolf lachte mit, erhob sich und erklärte weihevoll: „Zur Feier dieses kleinen Dialoges, werter Herr Sikorra, hole ich uns jetzt noch mal zwei feine Vasen Pils. Herr Ober!" Rolf blickte sich suchend um. Costa stand nicht mehr hinter seinem Tresen. Andi, Rolf und Hermann waren schon lange die letzten Gäste gewesen, Costa setzte sich dann meist ins Hinterzimmer und guckte griechisches Fernsehen, bis die Herrschaften genug hatten und gingen. Manchmal, wenn sie den Hals überhaupt nicht vollbekamen, ließ er ihnen einfach den Schlüssel da und ging nach Hause.

„Costa!", brüllte Rolf, lief für seinen Zustand erstaunlich gerade auf den Tresen zu, um die Kasse herum und geradewegs ins Hinterzimmer. „Hömma, du Feigenpflücker! Deine besten Kunden haben Durst!"

Kapitel 8 – Vereinsheim

Hui, dachte Hermann. Ganz schön kühl hier draußen. Und ganz schön knülle bin ich.

Die frische Luft traf ihn wie ein Keulenschlag. Von der Wolke aus Pommesfett, Heizungsluft und Männerschweiß in Costas Gastraum umhüllt, hatte er überhaupt nicht bemerkt, dass der letzte Ouzo vielleicht einer zu viel gewesen war. Hier draußen ließ ihn die kalte Herbstluft mit Schmackes vor die Schaufensterscheibe taumeln. Konzentrier dich, dachte Hermann. Einatmen, ausatmen, einen Fuß vor den anderen setzen.

Oh, Moment.

Der Köter.

Er versuchte, Osama loszubinden, und war sich einen Moment lang nicht sicher, ob das jetzt überhaupt der richtige Hund war. Guck dich um, sagte er zu sich selbst: keine weiteren Hunde anwesend. Dieses Exemplar musste also Osama sein. Er konnte sich beim besten Willen nicht daran erinnern, die Leine so umständlich vertäut zu haben. Er fingerte und fummelte und schien das verflixte Ding immer fester an die Laterne zu binden, bis es sich irgendwann doch überraschend löste. Osama sprang japsend und fiepend an ihm hoch.

Jaja, dachte Hermann. Du mich auch.

Dass er Osama zu den Montagen beim Griechen mitnehmen musste, hatte einen Vorteil: Wenn sich Hermann nach ein paar Pils und Ouzos in Sachen kürzester Heimweg nicht mehr ganz sicher war – der Hund fand den Weg immer. Hermann musste sich nur am anderen Ende der Leine festhalten und dem Chihuahua folgen. Osama flitzte los wie von der Tarantel gestochen, Hermann stolperte hinterher und war konzentriert bemüht, nicht hinzufallen. Hoppla, dachte er, der Gehsteig ist heute Abend aber ungewöhnlich uneben.

Auf Höhe des Vereinsheims sah Hermann, dass dort noch Licht brannte. Die Jungs kloppten bestimmt noch Skat. Hermann wägte einen Moment lang ab, ob er noch auf ein winzig kleines Bierchen reinschauen sollte, ganz kurz natürlich, ein allerletztes Glas. Der Hund war schon am Eingang zum Vereinsheim vorbeigeflitzt, die Leine auf zehn Meter Länge ausgefahren. Wo ist der jetzt eigentlich, dachte Hermann und blinzelte ins Dunkel. Im schwachen Schein einer Laterne machte er erst den Hund aus, dann eine neben ihm hockende Gestalt, die den Chihuahua streichelte.

Die Gestalt trug eine auffällig glitzernde Jacke. Ihre seltsam auftoupierte Frisur warf einen langen Schatten auf die Straße.

Ach, du Scheiße, dachte Hermann. Bitte nicht die. Bitte nicht jetzt.

Instinktiv drückte er den Rückholknopf der Leine.

Dem Chihuahua entfuhr ein elendes Winseln, als die zurückschnellende Leine ihn in Hermanns Richtung riss, und noch ehe die perplexe Frau in der glitzernden Jacke etwas sagen konnte, hatte Hermann die Tür zum Vereinsheim geöffnet, sich selbst und den Hund hineingezwängt und die Tür wieder ins Schloss geworfen.

Puh, dachte er. Das war knapp.

Aus der dichten Tabakwolke, die im fast leeren Vereinsheim stand, blickten ihn sechs überraschte Augen an.

„Sikorra!", sagte der Schwatte.

„Wo kommst du denn her?", fragte der Moneymaker.

„Du bist ja ganz fahl", sagte Kalle. „Hast du ein Gespenst gesehen?"

„Nee", sagte Hermann. Er setzte sich zu ihnen an den Tisch, nahm seinen Hut ab und auf den Schreck einen großen Schluck aus Kalles Bierglas.

„Kein Gespenst. Deine Ex."

Der Moneymaker und der Schwatte bogen sich vor Lachen und prosteten Hermann zu. Kalle verzog seine Miene zu einem gequälten Lächeln und mischte die Karten neu.

„Was is, Sikorra? Zockst du noch 'ne Runde mit?"

Zwei Pils und zwei Wacholder später war Hermann auf Betriebstemperatur. Er gewann einen Grand und verlor einmal Pik ohne Zwei. Nebenbei debattierten sie noch einmal abschließend das hochverdiente Unentschieden von Vorwärts im Nachholspiel gegen Schleuse sowie die tadellose Schiedsrichterleistung, zu der sich Kalle nicht äußern wollte: „Ich bin da nicht objektiv." Doch, doch, versicherten die anderen, das sei schon alles okay gewesen so. Den Elfer könne man geben, müsse man nicht, die Rote Karte aber: alternativlos. Wo kämen wir denn da hin, wenn Behindertenwitze ungeahndet blieben?

„So schlimm fand ich das gar nicht", befand Kalle gönnerhaft.

„Das kommt darauf an, wie man schlimm definiert", fiel ihm der Schwatte ins Wort und setzte eine so staatstragende Miene auf, wie es der Grad seiner Trunkenheit noch zuließ.

„Für eine Beleidigung des Unparteiischen im Rahmen eines auf einer öffentlichen Bezirkssportanlage ausgetragenen Fußballspiels halte ich die getätigte Aussage durchaus für schlimm. Sie musste zwingend einen Platzverweis nach sich ziehen. Im wahren Leben hingegen, da wäre dieser Ausspruch möglicherweise als nicht so schlimm zu werten."

„So ein kleiner Spruch ist doch nicht schlimm", ergänzte der Moneymaker. „Wenn deine vielversprechende Profikarriere aufgrund einer unverschuldeten Verletzung abrupt endet, ehe sie begonnen hat – das ist schlimm. Krieg ist schlimm. Oder wenn du ein Bein abhast! Das ist schlimm." Er guckte Kalle aus glasigen Augen an. „Oder einen Arm."

Alle krähten vor Lachen, auch Kalle, der den Witz zum Anlass nahm, sich umgehend ein paar Münzen in den Mund zu stecken, Hermann die Armprothese hinzuhalten und die Münzen auf den Tisch zu spucken, als Hermann an dem Stumpen zog.

„Klingelingeling", rief der Moneymaker, „Jackpot! Jackpot!", rief der Schwatte, und Hermann dachte: Zuhause ist da, wo man immer schon vorher weiß, was als Nächstes passiert.

Während der Schwatte für eine letzte Runde mischte, kamen sie zum abschließenden Tagesordnungspunkt: Diverses. Oft glitt ihr Geplauder dann ins Philosophische ab. Meist war es der Moneymaker, der ein ungelöstes Rätsel des Alltags mitbrachte und zur Klärung in den Raum stellte. Die Rätsel waren häufig von einem Kaliber, wie man sie auf Zettelchen in Glückskeksen las. Doch Hermann fand es immer wohltuend, wenn der Moneymaker mal nicht von seiner unvollendeten Karriere bei RWE und seiner anschließenden Funktionärslaufbahn erzählte, die er bei jedem Mal ein bisschen mehr ausschmückte, bis hin zu der Behauptung, dass er eigentlich fast mal DFB-Präsident hätte werden können, dann aber doch nicht wurde, warum auch immer.

In schöner Tradition machte der Moneymaker eine bedeutungs-
schwere Pause, ehe er die Philosophiefrage des Abends stellte.

„Okay, Männer. Frage: Eine Katze fällt immer auf die Füße,
richtig?"

„Richtig", sagte der Schwatte.

„Und ein belegtes Brötchen fällt immer auf die Wurst, richtig?"

„Richtig", sagte Hermann.

„Und was passiert, wenn ich ein halbes Brötchen auf den Rücken
meiner Katze binde?"

Kalle prustete los: „Wenn deine Katze so verfressen ist wie du,
dann verschlingt sie das Brötchen im freien Fall. Und dann landet
sie natürlich auf ihren Füßen."

Die Männer grölten vor Lachen. Hoch die Tassen, alle waren sehr
zufrieden mit dieser überaus kreativen Lösung des Problems. Ein
letztes Prosit, klirrend schlugen die Pilsgläser aneinander, und
Hermann dachte: An diesem permanenten Angestoße merkt man,
dass eigentlich alle genug haben.

Kapitel 9 – Föhnwelle

Dass Herrbusch ein Idiot war, das hatte Andi schon bei dem ersten Telefonat vermutet. War ja auch nicht so gut gestartet, das Verhältnis zu seinem neuen Chef. Wie war das noch mal: Man bekommt nie eine zweite Chance, einen ersten Eindruck zu machen?

Andi nahm sich trotzdem fest vor, den kleinen Telefon-Fauxpas auszubügeln. An seinem ersten Tag erschien er pünktlich um acht Uhr zum Dienst, legte seine Papiere vollständig vor, sagte artig: „Guten Morgen, Herr Busch", und: „Sehr gern, Herr Busch", und überhaupt zu allem Ja und Amen, was sich dieser Schwachkopf in den nächsten fünf Tagen an Kärrnerarbeiten für Andi ausdachte.

Und das war eine Menge.

Herrbusch gab Andi von der ersten Minute ihrer Zusammenarbeit an zu verstehen, dass er das kleine Missverständnis eben nicht zu verzeihen gedachte, sondern Andi in den folgenden Wochen und Monaten so sehr gängeln, demütigen und fertigmachen würde, wie ihm das als Chef des Möbellagers möglich war. Andi bemerkte schnell: Diese Möglichkeiten waren nahezu unbegrenzt.

Für die Arbeit im Möbellager musste man, vorsichtig ausgedrückt, kein Raketenwissenschaftler sein.

Menschen riefen bei Herrbusch im Büro an und erklärten, dass sie Möbel für Bedürftige spenden wollten. Kleiderschränke, Waschmaschinen, Schrankwände in Eiche rustikal. Durchgelegene Betten, Elektroherde, Sitzgarnituren 3-2-1. Alles war in dieser ersten Woche schon dabei gewesen. Andi sah das so: In etwa der Hälfte der Fälle suchten die Anrufer vor allem willfährige Knechte, die ihnen den Sperrmüll aus der Bude räumten.

Die edlen Spender sahen das meist anders.

Die kostenlose Fortgabe eines abgewetzten Chesterfield-Sofas, in das schon Opa seine Leibwinde gepresst hatte, empfanden sie als einen wichtigen Dienst an der Menschheit, wenn nicht gar als ihren ganz persönlichen Beitrag zur Linderung des Elends in der Welt.

„Seien Sie schön vorsichtig mit dem guten Stück!", hörte Andi im Laufe dieser Woche mehr als einmal, während er tonnenschwere Anrichten durch vollgemüllte Mietwohnungsflure bugsierte. „Dieses Möbelstück hat uns 50 Jahre lang treue Dienste erwiesen."

„Natürlich", keuchte Andi dann meist – nicht, weil er besonders freundlich sein wollte, sondern weil ihm nach drei Waschmaschinen vor dem Mittagessen ganz einfach die Puste für ein längeres Gespräch fehlte.

Oft fuhren sie das Zeug, von dem sich die Spender „nur ganz schweren Herzens" trennen konnten, direkt zur Müllkippe. Das Möbellager hatte dort einen eigenen Container gemietet. Die Tonnen von Pressspan, Resopal und rostigem Elektroschrott, die sie dort täglich abluden, rechnete die Stadt pauschal mit Herrbusch ab. Ein gutes Drittel der gespendeten Möbel landete dort.

Ein weiteres Drittel – das nämlich, das wirklich noch gut in Schuss war – bekamen Bedürftige nie zu sehen. Das rissen sich Andis Kollegen, die vom Gericht zu Sozialstunden verdonnert oder vom Arbeitsamt zur Umschulung genötigt worden waren und deshalb für das Möbellager schuften mussten, selbst unter den Nagel.

Einer seiner Arbeitskollegen war ein Typ mit Goldrandbrille, einem aufwendig geföhntem Seitenscheitel und einer schon morgens harten Fahne. Seinen komplizierten polnischen Namen mit sehr vielen Konsonanten und ungewöhnlich wenigen Vokalen konnte sich Andi auch nach einer Woche noch nicht merken, weshalb er den Typen insgeheim „Föhnwelle" nannte. Föhnwelle also hatte sich zum Zweck der Beiseiteschaffung von brauchbarem Mobiliar extra eine Garage angemietet. Waren die gespendeten Möbel deutlich besser als der übliche Schrott, steuerte er den Lieferwagen nach Abholung sogleich dorthin, um die Ware abzuladen.

„Damit mache ich auf dem Flohmarkt einen feinen Euro", erklärte der Föhnwellen-Typ Andi gleich am ersten Tag und kniff dabei verschwörerisch ein Auge zu. „Den Rest verticke ich bei eBay. Wenn dir mal was gefällt, sag Bescheid! Dann fahren wir es zu dir."

Andi lehnte dankend ab.

So weit kommt das noch, dachte er. Dass ich mir so ein siffiges Sofa in die Bude stelle. Am besten noch eines, auf dem es einem das Lebenslämpchen ausgepustet hat. Weiß man ja nicht. Steht ja nicht drauf.

Dass Herrbusch von seinem schwunghaften Nebengeschäft Wind bekommen könnte, fürchtete Föhnwelle offenbar nicht. Kein Wunder, dachte Andi. Die anderen werden schweigen. Wenn Föhnwelle fällt, reißt er alle mit, die auch schon mal eine Anrichte, ein Sideboard oder eine Garderobe für den Hausgebrauch abgezweigt haben. Und vor mir scheint er keine Angst zu haben. Oder er ist einfach morgens schon zu voll, um sich Sorgen zu machen.

Nach jedem Stopp vor seiner Gerümpelgarage kritzelte Föhnwelle „Kippenfahrt" ins Fahrtenbuch, und weiter ging es zur nächsten Adresse in der Liste, die ihnen Herrbusch am Morgen fein säuberlich als Excel-Tabelle ausgedruckt hatte.

Nur das letzte Drittel der Möbel, die sie einsammelten, schaffte
es tatsächlich bis ins Möbellager. Dort wurden die Stücke dann
ausgestellt. Andi fand, dass es in der Halle neben Herrbuschs Büro
aussah wie in einem 80er-Jahre-Möbelhaus. Herrbusch persönlich führte stille Sozialhilfeempfänger und schüchterne Asylbe-
werber jeden Tag zwei Stunden lang durch die Ausstellung und
pries die Qualität des dort aufgebauten Ramsches wortreich an.

„So ein Allibert hier zum Beispiel, der hing früher in jedem Bottroper Badezimmer", hörte Andi seinen Chef dichten. „Da passen
all ihre Toilettenartikel hinein. Der Spiegel mag vielleicht ein
bisschen blind sein, aber das gute Stück hat den Vorbesitzern 50
Jahre lang treue Dienste geleistet." Andi lächelte still. Den Spruch
hörte er tatsächlich mehrmals am Tag.

Meist quatschte Herrbusch so lange auf die Bedürftigen ein, bis
sie wehrlos nickten. Er machte seine Sache gut, das musste Andi
ihm zugestehen. Kaum ein Möbelstück blieb länger als zwei Tage
in der Lagerhalle stehen. Herrbusch hatte Talent dafür, einer ar-
beitslosen, alleinerziehenden Mutter von drei Kindern das Gefühl
zu geben, dass ein nikotinvergilbter Badezimmerhängeschrank
aus Plastik genau das war, was ihr zu einem perfekten Leben noch
fehlte. Hinzu kam, dass die Möbel zwar schäbig, dafür aber billig
waren. Zehn Euro für einen Esstisch, fünf für einen Sessel. „Und
wissen Sie was? Den Allibert schenke ich Ihnen obendrauf", gab
sich Herrbusch gern gönnerhaft. Wie so eine Mischung aus Mutter
Teresa und Gebrauchtwagenhändler, dachte Andi.

Gemeinsam mit den anderen Möbelpackern lud er den Sperrmüll
dann zurück in den Lieferwagen und fuhr ihn zu den Wohnadres-
sen der Käufer. Dort luden sie das Zeug aus und stellten es auf den
Gehweg.

An seinem zweiten Tag trug Andi einer alten Dame einen Sessel
in die Wohnung. „Nix da", wies ihn Föhnwelle auf der Rückfahrt

zurecht, „wir liefern nur bis Bordsteinkante. Den Rest müssen die selbst erledigen." Manchmal, wenn sie ein paar Tage später an einer Adresse vorbeifuhren, bei der sie eine Spende abgeliefert hatten, stand der Krempel noch immer im Regen an der Straße herum.

Eigentlich, dachte Andi, könnte der Job hier ganz entspannt sein. Bisschen rumfahren, bisschen entrümpeln, bisschen ausliefern. Kopf aus, Muckis an. Ein paar Stunden mal nicht an Anja denken müssen. Das tat gut.

Wenn nur Herrbusch nicht wäre. Herrbusch und seine Schikanen.

Es war nämlich so: Das Möbellager hatte drei Lieferwagen, bestückt mit Teams aus je drei Leuten. In Andis Team war außer Föhnwelle noch ein stiller Russe, der so sehr schwitzte, dass er stets ein Handtuch um den Hals gewickelt trug.

An seinem ersten Tag hatte er Andi die Hand geschüttelt und mit kaum vernehmlicher Stimme „Sergeij" gemurmelt. Seitdem hatte Andi kein einziges Wort mehr aus Sergeijs Mund gehört, was eine Leistung war, sie hatten nun immerhin eine Woche lang jeden Tag acht Stunden nebeneinander im Lieferwagen gesessen.

Wie mies Herrbuschs Spiel wirklich war, das hatte Andi während seiner ersten Schichten noch gar nicht verstanden. In der Tabelle mit den Spenderadressen, die Herrbusch morgens an die Teams verteilte, standen neben dem Namen, der Anschrift und den abzuholenden Möbelstücken immer noch eine Ziffer und zwei Buchstaben. Einer groß, einer klein.

Auf dem Zettel für Andis Team stand:

Waschmaschine, 5. oA

Schlafzimmerschrank (2,5m), 4. oA

Waschmaschine, 5. oA

Kühl-Gefrierkombination (Beleuchtung defekt), 5. oA

Esstisch, Eckbank, drei Stühle (Holz), 4. oA

Doppelbett (2x90cm Matratzen plus Rahmen), Schlafzimmer-schrank, 3. oA

Waschtrockner, 5. oA

MITTAGSPAUSE

Andi verstand die Hieroglyphen nicht, maß ihnen jedoch zunächst keine weitere Bedeutung bei. Am dritten Tag, als sie auf dem Weg zur ersten Adresse waren und ihm das Schweigen im Führerhaus des Transporters zu langweilig wurde, sprach Andi Föhnwelle auf die Ziffern und Buchstaben an.

„Was heißt denn das: Waschmaschine, 5. oA?"

Föhnwelle stutzte.

„Das steht da? Lies mal die anderen Termine vor."

Andi ratterte den Zettel runter. Als er beim fünften Auftrag angekommen war, lenkte Föhnwelle den Lieferwagen fast vor eine Laterne.

„WIE BITTE?", brüllte Föhnwelle durch das Führerhaus.

„HAT DIESER VERSCHISSENE EUNUCH EIN RAD AB, ODER WAS?"

Sergeij schüttelte stumm den Kopf, was für den Rest der Woche seine krasseste Gefühlsregung bleiben sollte. Hui, dachte Andi. Was immer es heißt – es scheint nichts Gutes zu sein.

Föhnwelle brauchte ein Weilchen, um sich zu beruhigen. Vor Erregung völlig außer Atem erklärte er Andi, dass die Ziffer für das Stockwerk stehe, aus dem man die Möbel abzuholen habe. Die Buchstaben „oA" stünden für „ohne Aufzug".

Wie hinterfotzig diese Schikane war, hatte Andi spätestens bis zur Mittagspause verstanden, als er vor Muskelkater Schwierigkeiten hatte, seine Butterbrotdose zu öffnen. Auch in den nächsten Tagen änderte sich an der Zuteilung nichts, und Föhnwelle und der Russe verstanden, dass es etwas Persönliches zwischen Herrbusch und Andi sein musste.

Föhnwelle versuchte ein paar Mal, in ein anderes Team zu wechseln, aber die übrigen Möbelpacker verhöhnten ihn unverhohlen beim Blick auf ihre Ladelisten, auf denen ausschließlich „1", „2" und „mA" standen, gern auch mal „EG" für Erdgeschoss.

Dass er und der Russe für Andis kleinen Telefon-Lapsus mitleiden mussten, verbesserte das teaminterne Klima an den übrigen Tagen seiner ersten Dienstwoche nicht gerade. Herrbusch schien die wütenden Blicke zu genießen, die Föhnwelle Andi morgens nach der Austeilung der Ladelisten zuwarf.

Am Freitag war Föhnwelle so weit, dass er beim letzten Termin des Tages vor lauter Wut und Verzweiflung einen Sessel aus einem Wohnzimmerfenster im dritten Stock warf. Zehn Meter weiter unten krachte das Sitzmöbel neben dem Lieferwagen in ein paar Rosenstöcke. Andi, der mit Föhnwelle die Wohnung ausräumte, eilte ans Fenster und sah, wie der Russe, der gerade die Ladefläche des Lieferwagens gefegt hatte, fassungslos an der

Fassade hinaufblickte. Als er Andi sah, machte er mit der linken Hand eine Scheibenwischerbewegung vor seinem Gesicht.

Nur mit sehr viel gutem Zureden konnte Andi der ältlichen Spenderin des Sessels vermitteln, dass dieser bedauerliche Zwischenfall ein Unfall und keinesfalls Absicht des Kollegen gewesen sei. Föhnwelle lief derweil, derbe Flüche brüllend, durch das Treppenhaus nach unten.

Nach Feierabend bat Herrbusch Andi in sein Büro.

„Herr Sikorra, schenken Sie mir doch bitte noch eine Minute Ihrer kostbaren Zeit", griente er und lehnte sich in dem abgewetzten Sessel hinter seinem Schreibtisch zurück.

„Gefällt es Ihnen bei uns?" Er blickte Andi provozierend an.

Einatmen, ausatmen, dachte Andi.

Cool bleiben.

Hat der Pimpf ein Glück, dass ich meine Arme nicht mehr hochheben kann. Weil Andi nichts sagte, sprach Herrbusch einfach weiter. Er duzte Andi jetzt.

„Ich kann dir versprechen, Sikorra, dass auch die nächste Woche genauso schön werden wird wie die abgelaufene. Und die danach. Und die danach auch. 400 Sozialstunden, das ist eine sehr lange Zeit, in der wir beide viel Freude miteinander haben werden. Und ich darf dir auch versprechen, Sikorra, dass ich beim klitzekleinsten Vergehen deinerseits, bei einer einzigen Minute Verspätung, bei einem einzigen unangemessenen Wort einem Spender gegenüber, bei einer einzigen tätlichen Auseinandersetzung mit deinen Kollegen oder deinem Chef mit dem allergrößten Vergnügen zum Telefonhörer greifen und Richter Spielkamp von der Verletzung deiner Bewährungsauflagen berichten werde. Und dann, Sikorra, gehst du in den Knast. Und jetzt raus!"

Einatmen, ausatmen.

Andi zitterte. Vielleicht war es Wut, vielleicht auch Erschöpfung.

„Sehr gern, Herr Busch", hörte Andi seine eigene Stimme sagen. Sie klang fremd und seltsam weit weg. „Ganz, wie Sie wünschen, Herr Busch", sagte diese Stimme automatisch, während Andi nur mit großer Mühe der Verlockung widerstand, den Chef des Möbellagers an den Ohren hinter seinem Schreibtisch hervorzuziehen und ihn mit Schwung in die Glasvitrine auf der anderen Seite des Büros zu schmeißen.

Geht nicht, dachte Andi, geht gar nicht, denk an Anja, an den Richter, denk an den Knast, einatmen, ausatmen, schnell raus hier, nur raus. Er zog die Bürotür hinter sich ins Schloss, einatmen, ausatmen, eilte in schnellen Schritten vom Hof, bog um eine Hausecke und stellte fest, dass sein Fahrrad geklaut worden war.

Kapitel 10 – Mariacron

Else machte Hermann am nächsten Morgen natürlich mächtig Stunk, weil er so ramponiert aus dem Vereinsheim nach Hause gekommen war.

Dass er Rosi oder Rose aus dem Weg gehen wollte und dass dann eins zum anderen gekommen war, konnte Hermann seiner Frau nicht erklären, das hätte sie vermutlich nicht verstanden. Also ließ er die Standpauke in aller Ruhe über sich ergehen. Verlegen blickte er zu Boden und dabei aus dem Augenwinkel auf den Fernseher im Wohnzimmer, in dem gerade die Bundesliga-Ergebnisse durchgesagt wurden. Schau an, dachte Hermann, habe ich total vergessen, dass heute Spieltag ist. Gerade wurde der Hamburger SV von den Bayern vorgeführt. Ach, HSV, dachte Hermann. Die können auch nix. Dabei ist das so eine schöne Stadt. Vielleicht sollte ich endlich mal diesen Wochenendtrip buchen, den sich Else seit Jahren wünscht. Das würde ihr den Wind aus den Segeln nehmen.

Von dem, was seine Frau derweil so vor sich hin keifte, bekam er nur Bruchstücke mit.

„Kein Wunder …", hörte er sie zetern, „der Junge, ein Verbrecher … der Alte, ein Säufer …", dann war er wieder abgelenkt. Schalke hatte verloren.

Mist.

Hermann blickte ein wenig traurig, und das genügte Else offenbar, um die wütende Tirade über seinen Alkoholkonsum zu beenden.

Else trank nicht. Hatte sie noch nie, entsprechend wenig ausgeprägt war ihr Verständnis für Menschen, die sich hin und wieder ein Schlückchen gönnten. In all den Jahren hatte er Else überhaupt nur zwei Mal Alkohol zu sich nehmen sehen.

Das erste Mal war bei ihrem Urlaub in Hamburg gewesen, nachdem sie die Prostituierten am Hans-Albers-Platz so rüde angepöbelt hatten. Else war da in eine Kneipe namens Silbersack gestürmt und hatte vor lauter Schreck eine Lüttje Lage bestellt. Ein Bier und ein Korn – mehr als genug, um ihre Nerven zu beruhigen. Und viel zu viel, um sich am nächsten Tag aus dem Hotelbett bewegen zu können. Hermann hatte Else einen Eimer ans Bett gestellt und war mit Andi zum Elbstrand spaziert.

Das zweite Mal war noch gar nicht so lange her. Es war der Tag gewesen, an dem der Richter Andi vor dem Knast verschont hatte. Da war Else mit einer Flasche Mariacron nach Hause gekommen. Sie hatte einen Teelöffel aus der Besteckschublade genommen, ihn mit Schnaps gefüllt und leer geschlürft. Diese Prozedur hatte sie dann noch ein gutes Dutzend Mal wiederholt. Vermutlich glaubte Else an eine medizinische Wirkung. Am nächsten Tag war sie trotzdem wieder sehr krank gewesen.

Nach Beendigung ihrer Predigt rauschte Else beleidigt ins Schlafzimmer ab. Jetzt ein bisschen guten Willen zeigen, dachte Hermann.

Er nahm die Hundeleine von der Garderobe und hob den schlafenden Chihuahua am Nackenfell aus seinem Körbchen.

„Jetzt gehen wir eine schöne, ausgedehnte Runde Gassi", flüsterte er dem Hund ins Ohr, als der träge ein Auge öffnete. „Das sind nämlich zwei Fliegen mit einer Klappe, mein lieber Osama. Ich mache bei Frauchen ein paar Punkte gut, und zugleich bin ich für ein Weilchen aus der Bude. Hier ist nämlich dicke Luft."

„Der Hund heißt Oskar!", hörte er Else noch hinter der

verschlossenen Schlafzimmertür schimpfen, dann waren Hermann und Hund aus der Haustür verschwunden.

Er war noch nicht bis zur nächsten Straßenecke gekommen, als sein Handy klingelte. Hermann bemerkte es zunächst nicht. Eine ganze Weile lang summte er die Melodie von Roland Kaisers „Santa Maria" leise vor sich hin. Irgendwann fragte er sich, woher er nun jetzt wieder diesen Ohrwurm hatte, bis ihm plötzlich auffiel, dass er ja gerade die Melodie hörte. Aber woher nur? Es dauerte noch einen Moment des verdutzten Umschauens, bis Hermann bemerkte, dass die Melodie aus der Innentasche seiner Jacke kam. Stimmt, das war ja sein Klingelton! Komisch, dachte Hermann. Mich ruft doch nie jemand an.

Andi hatte ihm das Handy voriges Jahr zu Weihnachten geschenkt. Vermutlich war ihm nichts Besseres eingefallen. Das Rasierwasser vom Vorjahr stand noch im eingeschweißten Karton im Badezimmer. Krawatten brauchte er als Rentner ja nun keine mehr, höchstens für Beerdigungen, aber dafür hatte er zwei schwarze im Schrank. Ein Handy also.

„Damit ich dich immer erreichen kann", hatte Andi gesagt. „Und du immer anrufen kannst, wenn was ist." Ist doch eh nie was, dachte Hermann und bedankte sich natürlich trotzdem artig.

In den ersten Tagen nach Weihnachten rief ihn Else noch ein paar Mal an, um ihm Ergänzungen zu ihrer Einkaufsliste mitzuteilen, die sie ihm fünf Minuten zuvor in die Jackentasche gesteckt hatte. Manchmal wollte sie nur wissen, wo er bleibe, wenn er nach dem Aldi noch einen kleinen Umweg zum Vereinsheim machte. Irgendwann ging Hermann einfach nicht mehr ran. Wenn ihn Else deshalb später zur Rede stellte, gab er den Techniktrottel und murmelte etwas wie „Klingelton zu leise" oder: „Was weiß denn ich, wie man das einstellt."

Irgendwann gab Else es auf, ihn auf dem Handy anzurufen. Kalle, Moneymaker und der Schwatte wussten ja ohnehin, wo man ihn traf und wann, wenn es etwas Wichtiges zu besprechen gab. Montags ab 18 Uhr beim Griechen, dienstags und donnerstags beim Training, sonntags beim Spiel. Sonst: zu Hause. Die riefen also auch nicht auf seinem Handy an, das gerade irgendwo in seinem Anorak lärmte.

Hermann nestelte umständlich am Reißverschluss, wollte dann in die Innentasche greifen, fand sie aber nicht sofort. Die Tasche war durch einen Druckknopf gesichert und befand sich zwischen der äußeren Knopfleiste und dem darunter liegenden Reißverschluss. Sieh an, dachte Hermann, da haben sie also auch noch eine Tasche hingenäht, ganz schön unübersichtlich, diese Allwetteranoraks, und während er so kramte und nestelte, überlegte er, wann er das vermaledeite Handy überhaupt in diese ihm eigentlich völlig unbekannte Jackentasche gesteckt haben könnte. Er erinnerte sich nicht. War bestimmt Else, dachte er.

Das Telefon schien immer wütender zu klingeln, so kam es ihm wenigstens vor, und dann hatte Hermann es aus seinem Futteralgefängnis befreit. Über den Rand seiner Brille hinweg blinzelte er auf die Tastatur und drückte die grüne Taste.

„Ja, hallo? Sikorra hier. Sikorras Hermann, wohnhaft Tilsiter Straße, Bottrop-Boy."

„Boah, Vatter!", hörte er die zornige Stimme seines Sohnes. „Erstens habe ich dir schon tausend Mal gesagt, dass du am Telefon nicht immer deine ganze Wohnanschrift aufsagen musst. Und zweitens: Wieso dauert das denn so lange?"

Hermann fand, dass es höflich war, sich am Telefon ordentlich vorzustellen. So häufig wurde er ja nun auch nicht angerufen, und wer weiß: Vielleicht war es diesmal ja doch die Redaktion von

Günther Jauch, dem er vor drei Jahren mal einen Brief geschrieben hatte, um sich als Kandidat für „Wer wird Millionär?" zu bewerben.

„Sei mir gegrüßt, mein lieber Sohn. Entschuldige bitte, ich bin etwas beschäftigt."

Hermann zerrte den Hund von einem Laternenpfahl weg. „Was ist denn los?"

„Mein Fahrrad ist weg."

„Wie weg?

„Na, weg! Geklaut!"

„Oh, das ist ja ärgerlich."

„Ja, Vatter", zischte Andi, und Hermann konnte aus diesen zwei Wörtern hören, dass sein Sohnemann ganz schön auf Zinne war. Immer diese Wutausbrüche, dachte Hermann. Hat er von seiner Mutter.

„Das habe ich auch gedacht: Oh, das ist ja ärgerlich", schimpfte Andi drauflos. „Und weißt du, was ich noch gedacht habe? Verdammte Affenscheiße, das habe ich gedacht. Und dass ich gerne einen ganzen Baum ausreißen und zu Streichhölzern zerhacken möchte. Und das hat gar nicht mal so sehr mit dem geklauten Fahrrad zu tun. Und auch nicht damit, dass ich die beste Frau der Welt verloren habe, weil ich so ein Idiot bin. Sondern viel mehr mit dem fantastischen Job, den dein lieber Freund Kalle mir besorgt hat. Der ist nämlich noch viel größere Affenscheiße. Der Chef ist ein sadistischer Nazi ohne Eier. Ich fahre den ganzen Tag mit einem frisch frisierten Vollalkoholiker und einem stummen Psychopathen herum, der wahrscheinlich plant, uns alle mit einem Schraubenzieher zu erstechen, wenn wir ihm nur lang genug den Rücken zudrehen. Wenn es überhaupt so weit kommt und ich nicht schon vorher an einem Herzkasper verrecke, weil ich jeden Tag 24 Waschmaschinen samt Trockner aus den höchsten Häusern der Stadt tragen muss, weil der Nazi-Chef das so will. Und in die Fresse hauen darf ich ihm auch nicht, weil ich sonst einfahre. Im Grunde denke ich den ganzen Tag nichts anderes als: Oh, das ist ja ärgerlich!"

Donnerwetter, dachte Hermann. Andi ist ja gar nicht gut drauf. Und was war das mit der Frau? „Du musst dich beruhigen", sagte er, weil ihm partout nichts Besseres einfiel.

„Ich muss überhaupt nix!", schimpfte Andi weiter. „Ich müsste höchstens den verfickten Herrbusch an seinen Eiern aufhängen, wenn er welche hätte!"

Wer ist denn jetzt Herrbusch?, dachte Hermann, fragte aber lieber nicht.

„Willst du was essen?", fragte er stattdessen, weil ihm noch immer nichts Besseres einfiel.

„Ich habe keinen Hunger. Ich glaube auch nicht, dass ich eine Gabel festhalten oder in meinen Mund stecken kann. Ich will in mein Bett." Andis Schimpfen war nun etwas leiser, ein bisschen resignierter. „Aber vorher will ich dein Fahrrad."

„Meins? Wieso?"

„Weil ich keins mehr habe, Vatter. Weil meins geklaut wurde. Erinnerst du dich? Mein 3er steht seit einer Woche fahruntüchtig vor meiner Tür. Batterie kaputt. Ich komme nicht dazu, sie zu reparieren, weil ich von morgens bis abends für diesen Quartalsirren schuften muss und abends froh bin, wenn ich es schaffe, mir die Schuhe auszuziehen, bevor ich auf meinem Bett kollabiere. Ich will dein Fahrrad, weil ich eins brauche. Und du nicht. Oder bist du in den letzten zehn Jahren mal Fahrrad gefahren? Ich hingegen komme ohne Fahrrad am Montag zu spät zur Arbeit. Und dann sorgt Herrbusch dafür, dass dein Sohn in den Bau muss."

„Verstehe."

Hermann dachte nach. Ganz hinten im Keller, hinter den alten Umzugskartons, in denen er unter Elektrokleingeräten und mit unwichtigem Tinnef vollgehefteten Leitz-Ordnern seine Sammlung von Tittenheftchen vor Else versteckte, müsste eigentlich sein altes Miele-Zechenrad stehen. Er war tatsächlich seit Ewigkeiten nicht mehr damit gefahren. Seit elf Jahren, um genau zu sein – seit ihm links eine künstliche Hüfte eingesetzt worden war. Aber diese alten Zechenräder waren ja nicht kaputt zu kriegen.

„Klar, kannste haben", sagte Hermann. „Muss ich ein bisschen entstauben. Vielleicht mal die Reifen vulkanisieren. Kannst du dir Sonntagabend abholen."

„Vulkanisieren sagt man ungefähr seit dem Ersten Weltkrieg nicht mehr, Vatter." Andi klang jetzt etwas ruhiger. „Danke dir. Wir sehen uns." Andi legte auf.

Hermann drehte noch eine Runde um den Fußballplatz, spazierte ausgiebig über den Friedhof und blieb dort ein Weilchen auf einer Bank sitzen, von der aus er das Küchenfenster seiner Wohnung im ersten Stock beobachten konnte. Dort brannte Licht. Ich warte jetzt einfach, bis weißer Rauch aufsteigt, dachte Hermann und lächelte still. Also bis Else ins Bett geht. Irgendwann erlosch das Licht in der Küche, und Hermann machte sich auf den Weg nach Hause. Als er in seine Straße einbog, sah er, dass auch die übrigen Fenster der Wohnung dunkel waren.

„Schatzi", flötete Hermann, als er die Wohnungstür aufschloss.
Von drinnen kam nichts zurück, nicht mal ein paar leise Flüche.
Else war nicht da.

Mist, dachte Hermann, dann hat sie bestimmt auch nix zu Essen
gemacht. Das war Elses Art, ihm zu zeigen, dass sie wirklich fuch-
sig war: Sie kochte nicht, sondern besuchte irgendeine Freundin,
und er konnte zusehen, wo er blieb und was er aß. Einen Moment
lang dachte Hermann darüber nach, die Jacke wieder anzuziehen
und den Costas einen Besuch abzustatten. Doch der Hund hatte
sich schon wieder in sein Körbchen gerollt und schnarchte leise
vor sich hin. Na gut, dachte Hermann. Bleibe ich halt hier und
mache das Beste daraus.

Er nahm einen Flyer, der an der Korkpinnwand in der Küche
haftete, und faltete ihn auf. „Lotus Garten" stand darauf. Ein
Chinaimbiss mit Lieferservice, der offensiv damit warb, dass man
sein Essen umsonst bekomme, wenn es nicht binnen 30 Minuten
auf dem Tisch stehe.

Hermann hatte schon ein paar Mal dort bestellt und sich jedes
Mal viel Mühe gegeben, seinen Namen und seine Adresse so
umständlich und ungenau wie möglich zu nuscheln, damit der
Fahrer es niemals in einer halben Stunde schaffen konnte. Exakt
30 Minuten nach der ersten Bestellung rief Hermann dann erneut
im Lotus Garten an und empörte sich, wo denn bitte schön sein
Essen bleibe. Drei Mal hatte das schon geklappt.

„Lotu' Gahte', 'allo", sagte eine Stimme am anderen Ende der
Leitung.

„Ja, Sikorra, Tach. Einmal 38 b süßsauer und eine Tüte von den
Krabbenchips. Und zwei Flaschen von diesem Chinabier."

„Ih'e Ad'esse?"

Hermann räusperte sich und versuchte, die Anschrift möglichst unverständlich in das Husten zu pressen.

„Tilsiterstraßesechsnzwanzich."

„Entschuldige, wie?"

Läuft, dachte Hermann. Er hielt die Muschel des Telefonhörers ein gutes Stück von seinem Mund weg.

„Tilsiterstraßesechsnzwanzich."

„Bitte no' einma'."

„Tilsiter Straße. Wie der Käse."

„Könne Sie buchstabier?"

„Klar: K – Ä – S – E."

Damit war der arme Mann am anderen Ende der Leitung völlig aus dem Konzept gebracht. Hermann legte auf, fläzte sich aufs Sofa, streckte die Beine auf dem Couchtisch aus – und zuckte tüchtig zusammen, als es genau 28 Minuten später an der Tür klingelte.

„Gute' Aben', He' Siko'a", sagte der Fahrer des Lotus Garten, ein spöttisches Grinsen im Gesicht.

„Kenne' Sie scho'", sagte der Mann. „Habe scho' ma' lang gesucht na' Ihne'. Sind ganz besonde' cleve'e Kunde. Acht Eu'o fumfzig, bitte."

Kapitel 11 – Kampfsport

Andi steckte das Handy zurück in die Jackentasche und dachte: Und jetzt? Jetzt laufe ich wohl nach Hause.

Er marschierte los und bemerkte schon nach ein paar Minuten, dass die frische Luft ihm guttat. Ganz langsam verzog sich die Wut. Vielleicht lerne ich ja tatsächlich, meinen Zorn zu kontrollieren, dachte Andi. Ich habe Herrbusch nicht umgehauen und auch nichts kaputt gemacht, als mein Fahrrad verschwunden ist. Vielleicht werde ich ein anderer Mensch. Vielleicht werde ich erwachsen. Müsste ich dringend Anja erzählen, dachte er. Aber wie, wenn sie nicht ans Telefon geht?

Nach gut einem Kilometer lief er an einer Tankstelle vorbei. Er war so in Gedanken versunken, dass er um ein Haar das Fahrrad übersehen hätte, das vor der Tankstelle auf dem Boden lag.

Jetzt leck mich doch, dachte Andi. Das ist doch meins!

Er beugte sich herunter und betrachtete das Fahrrad genauer. Am Hinterrad, knapp unterhalb des Gepäckträgers, ragte das fest installierte Speichenschloss in einem seltsamen Winkel in die Luft. Ganz offensichtlich war es mit roher Gewalt aufgebogen worden.

Während er dort hockte und den ramponierten Drahtesel begutachtete, bemerkte Andi im Augenwinkel, dass ein Typ aus der Tankstelle trat. Ein Typ, der ihm sehr bekannt vorkam. Er trug eine Goldrandbrille, das Haar zu einer Föhnwelle gekämmt und zwei Plastiktüten voll mit Bierflaschen in den Händen.

„Ey!", rief Föhnwelle. „Finger weg! Das is meins!"

Andi richtete sich auf und schaute Föhnwelle sehr ernst ins Gesicht.

„Glaub ich nicht", sagte Andi. „Ich glaube vielmehr, du hast mir das gerade geklaut."

Erst jetzt schien Föhnwelle erkannt zu haben, wer da vor ihm stand. Plötzlich sah er aus, als stünde ihm der Leibhaftige höchstpersönlich gegenüber. Andi sah Föhnwelle an, wie fiebrig der an einer Ausrede bastelte.

„Ach guck, Andi! Mensch!"

Er schindet Zeit, dachte Andi.

„Wie, dein Fahrrad? Geklaut? Ich? Niemals!" Dann schien Föhnwelle eine Idee zu kommen. „Ich habe das gerade gekauft! Von so einem Rothaarigen, ganz zwielichtiger Typ. In der Nähe vom Möbellager, kam mir total gelegen, hab mir auch nix dabei gedacht, wollte ja auch schnell nach Hause nach so einer beschissenen Woche, Mann, Mann, Mann."

Andi sah, dass Föhnwelle schwitzte.

„Von einem zwielichtigen Rothaarigen, ja? Wie viel haste denn bezahlt?"

Wieder glaubte Andi, die Zahnräder unter dem geföhnten Haupthaar langsam mahlen zu hören.

„Äh ... 'nen Zwanni!" Föhnwelle lächelte unsicher.

Andi verzog keine Miene. Er überlegte: Glaubte Föhnwelle jetzt wirklich, dass er ihm diese Geschichte abkaufen würde? Oder wollte der Dicke einfach nur um jeden Preis verhindern, dass er gleich was vor die Fresse bekam? Andi fühlte sich plötzlich schrecklich müde.

„Pass auf, du Spinner. Ich nehme jetzt das Fahrrad und fahre nach Hause. Wenn du es schaffen solltest, mir nicht noch mehr Scheiße zu erzählen, dann wäre ich möglicherweise dazu bereit, dir nicht das Gesicht zu brechen. Und die ganze Sache zu vergessen."

„Ja, wie jetzt?", nölte Föhnwelle. „Und wie soll ich dann bitte nach Hause kommen?"

Andi atmete tief aus. „Das, mein Freund, ist mir scheißegal."

Föhnwelle dachte nach. „Okay, na gut. Du kannst das Fahrrad haben. Für 20 Euro."

Einen Moment lang glaubte Andi, er hätte sich verhört. Er schüttelte sich. Weiß ja nicht, dachte er, vielleicht träume ich den ganzen Mist ja nur. Kann ja eigentlich alles nicht sein. Cool bleiben, dachte er, ruhig Blut. Einatmen, ausatmen. Jetzt nicht die Nerven verlieren. Jetzt Stärke zeigen. Schaffe ich das?

Schaffe ich nicht.

Mist.

Ganz automatisch ballten sich seine Fäuste, wie ferngesteuert ging er drei Schritte auf Föhnwelle zu. Der ließ ansatzlos die Tüten fallen, die Bierflaschen schlugen klirrend auf den Boden und zerplatzten. Föhnwelle machte einen Satz nach hinten, riss die Arme hoch und kreuzte sie vor seinem massigen Oberkörper. Seine Stimme überschlug sich in blanker Panik.

„Pass auf! Ich kann Kampfsport!"

Spätestens da wusste Andi, dass er gar nicht zuschlagen musste. Er zuckte nur kurz mit der Schulter, ohne überhaupt den Arm zu heben. Allein die Erwartung eines Schlags ließ Föhnwelle nach hinten taumeln, wo er über einen Wassereimer stolperte und der Länge nach in die neben dem Eingang der Tankstelle aufgebaute Aktionsfläche mit Schnittblumen, Türschlossenteiser und Getriebeöl stürzte. Kanister und Plastikflaschen schepperten gemeinsam mit ihm zu Boden. Beim verzweifelten Versuch, sich möglichst schnell wieder aufzurappeln, riss Föhnwelle den gesamten Ständer um und krachte erneut auf den Rücken. Wie ein dicker Käfer lag er schließlich da. Er begann zu weinen.

Ohne sich weiter um seinen Widersacher zu kümmern, setzte sich Andi auf sein Fahrrad, das im Hinterrad nun eine mächtige Acht hatte, und radelte davon. Im Fahren kramte er sein Handy aus der Tasche und wählte Rolfs Nummer.

„Hier spricht der einzig wahre Rock 'n' Rolf. Wer stört?"

„Ich bin's. In 20 Minuten beim Griechen. Nach dieser Woche muss ich heute Abend dringend meine Festplatte löschen."

Kapitel 12 – Hühner-Hugo

„Okay", sagte Rolf. „Das mit dem Fahrrad, das war wirklich zu viel."

Eine gute Stunde lang hatte Andi seinem besten Freund sein Leid geklagt, die ganze beschissene, nicht enden wollende Woche bis ins letzte Detail geschildert, fünfmal „5. oA" an einem Tag, der grienende Herrbusch in seinem abgefuckten Ledersessel, Föhnwelle, der Russe, dann die Nummer mit dem Fahrrad. Andi war sich nicht ganz sicher, ob Rolf wirklich alles verstand, was da wie ein Wasserfall aus ihm herausprudelte, aber das war auch nicht so wichtig. Wichtig war, dass Rolf da war. Dass er zuhörte, gelegentlich verständnisvoll nickte, ab und zu kurze Anmerkungen murmelte, die Andi in seiner Sicht der Dinge bestärkten („Krass!", „Das hat er gemacht?", „Was für ein Schweinepriester!"), auch wenn sie nicht zu einem echten Dialog führten, denn Andi wollte gar nicht diskutieren. Er wollte sich auskotzen, und er wollte saufen, um diese gottverdammte Woche zu vergessen.

Auch in dieser Hinsicht war auf Rolf wie immer Verlass. Er nutzte jede dramatische Pause in Andis Erzählung, eigentlich sogar jede der wenigen Atempausen, um sogleich sein Bier zu erheben und feierlich zu erklären: „Darauf trinken wir." Andi und er stießen dann an und tranken in großen, hektischen Zügen, bevor Andi die Schilderung der Woche fortsetzte.

Vier oder fünf Mal nutzte Rolf die kurze Stille nach der Trinkpause, um neues Bier zu holen. Er brachte dann auch immer gleich zwei Ouzo mit und sagte dazu bei jeder Runde: „Halb besoffen ist rausgeschmissenes Geld."

Als Andi schließlich zum dramatischen Schluss der Woche kam, zu seinem Fahrrad, der Tankstelle, dem kurzen Zwist mit

Föhnwelle, der Art und Weise, wie dieser, einem sinkenden Tankschiff gleich, in Blumen und Schmierstoffen gekentert war, da schwieg Rolf einfach. Andi schaute seinen Freund an, der verträumt aus dem Fenster blickte, und fragte sich, ob Rolf ihm eigentlich zugehört hatte und wann er wohl bemerken würde, dass die Geschichte zu Ende war.

Irgendwann schien Rolf zu realisieren, dass irgendetwas anders war, dass es plötzlich sehr still war am Tisch. Er ließ sich nichts anmerken, schaute seinen besten Freund aus gläsernen Augen fest an und rang sich diesen einen, alles zusammenfassenden Satz ab:

„Das mit dem Fahrrad, das war wirklich zu viel."

Ja, das war zu viel, das fand Andi auch. Insgeheim war er sicher, dass der Fahrradklau-Teil seiner Geschichte der einzige war, an den sich Rolf noch erinnern konnte. Bei regelmäßigem, geschwindem Alkoholkonsum tendierte Rolfs Gehirn dazu, Kurzzeiterinnerungen in etwa so lange abzuspeichern wie ein Doktorfisch, also rund sieben Sekunden lang.

Egal. Rolf war nicht hier, um eine detaillierte Nacherzählung seiner Woche aufzuschreiben. „Darauf trinken wir", sagte diesmal Andi, der sich schon viel besser fühlte. Sich einfach mal alles von der Seele reden, dachte er. Das durchlüftet die Birne. Und das ein oder andere Pils sorgt dafür, dass die von aufgestauter Wut verklebten Hirnwindungen schön durchgespült werden.

„Weißt du was, mein Bester?", sagte Andi gedankenverloren. „Manchmal hab ich das Gefühl, dass ich hier mal rausmuss."

„Wie, aus der Pommesbude?"

Andi lachte. „Nein, mein Freund: aus Bottrop. Einfach mal raus. Mal was anderes sehen. Eine andere Stadt, andere Menschen. Fenster und Türen im Oberstübchen öffnen. Durchzug im Getriebe. Vielleicht lässt sich dann der ganze Scheiß hier etwas besser ertragen." Andi trank den letzten Schluck aus seiner Bierflasche. „Aber für den Anfang könnten wir auch erst mal diesen Imbiss hier verlassen."

Über die sich stets wiederholende Schleife aus Bier, Ouzo und Monolog hatten die beiden ein klein wenig die Zeit aus den Augen verloren. Kunden waren schon seit Ewigkeiten keine mehr in die Pommesbude gekommen, stockfinster war es schon eine ganze Weile, und bei genauerer Betrachtung fiel Andi auf, dass er schon seit Stunden keinen Costa mehr gesehen hatte. Rolf bemerkte seinen suchenden Blick.

„Der Grieche pennt", sagte Rolf. „Er hat mir gesagt, wir sollen eine Strichliste machen und den Hinterausgang hinter uns zuziehen. Vorne ist schon abgeschlossen."

Andi kniff ein Auge zu, um die Zeit auf seiner Armbanduhr entziffern zu können. Kurz vor vier Uhr früh.

„Ach, du Kacke", sagte Andi. „Voll spät schon! Ich bin aber noch gar nicht müde! Ich bin so voll mit Adrenalin, ich kann jetzt unmöglich pennen!"

Der Kummer seines Freundes hatte Rolf angestachelt. Auch er fühlte sich nicht wie kurz vor vier. Das Problem war: Um diese Uhrzeit waren die Optionen zur fortgesetzten Druckbetankung in Bottrop verdammt dünn gesät. Die Kneipen hatten alle längst zu. In der einzigen Disco der Stadt, dem Swing, in dem man Paartanz zu deutschem Schlager aufs Parkett legte, war um diese Zeit nur noch vertreten, was zu besoffen zum Nachhausegehen war. Das war meist kein schöner Anblick.

CORRECTIV

„Wir könnten zum Holländer gehen", sagte Rolf, und Andi wusste mal wieder, warum er so verdammt gern mit diesem Bekloppten um die Häuser zog. Er konnte gut zuhören, er war für ihn da, und er hatte immer noch eine gute Idee, wenn eigentlich nix mehr ging.

„Geil", sagte Andi. „Das machen wir."

Der Holländer war ein Fischhändler aus Venlo, der jeden Samstag ab vier Uhr früh auf dem Bottroper Wochenmarkt seinen Stand aufbaute. Neben Schillerlocken, Bismarckhering und dem besten Matjesbrötchen der Welt – schön mit Zwiebeln und einem kleinen Blättchen Salat – hatte der Holländer auch stets ein paar kalte Flaschen Heineken in einem kleinen Kühlschrank hinter dem Tresen deponiert. Speziell für die Kundschaft, die für den Wochenmarkt nicht extra früh aufgestanden, sondern noch auf den Beinen war.

Als Andi und Rolf den Marktplatz vor dem Bottroper Postamt erreichten, stand der Holländer schon in seinem Wagen und belegte mit geübten Handgriffen Fischbrötchen.

„Moin, Meneer", sagte Andi. „Machse zwei Matjes und zwei Bier?"

„Alsjeblieft", sagte der Holländer und reichte Brötchen und Bier über den Tresen. Andi und Rolf aßen mit gierigen Bissen.

„So gut", sagte Andi mampfend.

„Die besten", ergänzte Rolf. „Gib mal noch zwei, bitte!"

„Die beste, ja?", fragte der Holländer, während er Rolf zwei weitere Brötchen reichte.

„Sehr nett von euch, Jongens. Aber die beste Matjesbrötchen von die hele Welt gibt es in Hamburg. Wirklich!"

„Echt?" Rolf war sichtlich überrascht. „Das ist aber ein großes Zugeständnis von einem Holländer."

„Fällt mir nich leicht", sagte der Holländer grinsend, während er neue Brötchen aufschnitt. „Is aber so. Ich hab nie bessere gegessen. Und ich esse viel!"

„Das stimmt", rief Andi. „Ich war doch als Kind mal mit meinen Eltern in Hamburg. Da waren wir in einer Fischbude, die war der Hammer. Ich weiß nicht mehr viel von diesem Trip, aber die Fischbrötchen, die waren abartig gut."

Sie fachsimpelten noch ein Weilchen über die richtige Konsistenz, Temperatur und Dicke des Fischfilets, ob die dazu gereichten Backwaren eher knackig oder weich zu sein hätten, wie viel Garnitur auf das perfekte Fischbrötchen gehörte und ob überhaupt. An einem Punkt der Unterhaltung stellte Rolf die ungeheure These in den Raum, man könne Matjesbrötchen auch mit Remoulade genießen, was der Holländer mit sichtlicher Empörung zurückwies: „Matjesbrötchen mit Remoulade! Is verboten! Nach Genfer Konventionen!"

Andi und Rolf tranken noch zwei Bier und danach zwei weitere, und irgendwann standen sie an ihrem Bistrotisch zwischen lauter Bottroper Rentnern mit vollgestopften Einkaufsbeuteln, die ihren Frauen über den Markt hinterherschlichen. Die Männer trugen beige Anoraks und mürrische Mienen, die Frauen schützten ihre Frisuren mit Kopftüchern aus durchsichtiger Folie vor dem nun einsetzenden Sprühregen.

CORRECTIV

Andi war, ganz anders als noch am Abend zuvor, allerbester Laune. Genau so, dachte er, hatte ich mir diese Nacht erhofft. Wie geil, dass sie immer noch nicht zu Ende ist!

Neben dem Holländer, der die letzten Biere für lau über den Tresen gereicht hatte und der nun selbst schon das zweite trank, hatte ein Geflügelzüchter seinen Stand aufgestellt, der sich „Hühner-Hugo" nannte. Er verkaufte lebende Hühner und Enten. Andi schaute dem Treiben eine Weile lang zu: wie gelegentlich ältere Damen an den Stand traten, die Hühner der Reihe nach gründlich betrachteten, als wollten sie bauliche Mängel oder Schäden am Gefieder untersuchen, dann ohne große Worte auf einzelne Tiere deuteten, die Hühner-Hugo daraufhin in einen Karton steckte. 20 Euro wechselten den Besitzer, und dahin gingen zufriedene Hausfrauen mit ihren Sonntagsbraten in spe.

„Arme Viecher", sagte Rolf, der den Hühnerhandel ebenfalls beobachtete. Er hielt sich an seiner Bierflasche fest, als sei sie an die Tischplatte geschraubt.

„Jau", sagte Andi. „Arme Viecher."

„Warte", sagte Rolf. „Ich war ja früher Pfadfinder. Jeden Tag eine gute Tat und so. Haste mal nen Fuffi?"

Andi fingerte in der Innentasche seiner Lederjacke herum und angelte einen zerknüllten 50- Euro-Schein heraus. Noch ehe er Rolf fragen konnte, was er damit wollte, hatte sich sein Kumpel den Schein geschnappt und war zum Hühner-Hugo hinübergelaufen. Andi hörte nicht, worüber Rolf und der Geflügelzüchter sprachen, aber kurz darauf kam Rolf mit einem Pappkarton zurück, darin zwei laut quakende Enten.

„Und jetzt?", fragte Andi.

„Nun, werter Herr Sikorra", sprach Rolf mit trunkenem Pathos, „da wir zwei unschuldige gefiederte Kreaturen vor dem sicheren Tod in einem Bottroper Backofen bewahrt haben, werden wir ihnen die Freiheit schenken. Vorher aber sollten wir uns überlegen, was wir mit diesem noch jungen, aber bisher schon recht hervorragend verlaufenen Tag anfangen. Zum Schlafen ist er jedenfalls zu schade. Und der liebe Holländer hier hat leider kein Bier mehr auf Lager." Der Holländer nickte und zuckte mit den Schultern. „Is alle. Matjes auch. Tut mir leid, Jongens."

Andi war von Rolfs urplötzlich einsetzender Tierliebe und seinem noch immer ungebrochenen Drang nach Aktivität ein wenig überrumpelt.

„Und? Hast du 'ne Idee?"

„Die habe ich, mein lieber Freund", sagte Rolf verschwörerisch. „Ich habe dir sehr genau zugehört letzte Nacht. Von wegen Durchzug im Getriebe, Fenster und Türen in der Birne öffnen und so. Den ganzen Scheiß hinter sich lassen, mal was anderes sehen. Weil du mein allerbester Freund bist und weil mir dein Wohlergehen sehr am Herzen liegt, habe ich in meinem kleinen, klugen Kopf eine ab-so-lut brillante Idee entwickelt: Wir fahren weg."

„Wie weg?"

„Na, weg!"

„Und wohin zum Beispiel?"

Rolf überlegte.

„Nach Hamburg zum Beispiel."

„Sehr gute Idee", rief der Holländer, der dabei war, seine Auslage auszuwischen. „Lecker Matjes!"

Andi war völlig perplex. „Wie Hamburg?"

„Na, Hamburg", sagte Rolf. „St. Pauli, Reeperbahn, Große Freiheit! Hamburg halt!"

„Und wann?

„Jetzt."

„Wie jetzt?"

„Ja, jetzt. Wann denn sonst? Nach dem, was du mir so erzählt hast, bin ich nicht sicher, ob du nicht nächste Woche in den Bau musst, weil du deinen Chef umhaust. Verdient hätte er es allemal." Rolf lächelte. „Und da du in deinem mehrstündigen Sermon kein Wort über deine Perle verloren hast, gehe ich mal schwer davon aus, dass sich an dieser Front auch nix mehr bewegt. Ich mutmaße also, dass es hier niemanden mehr gibt, der heute oder morgen auf dich wartet. Also machen wir aus der Inhaltsleere unseres Daseins eine Tugend und unternehmen etwas. Etwas amtlich Beklopptes. Wer sagt denn, dass du nächste Woche noch lebst, wenn du weiter jeden Tag zehn Waschmaschinen aus Hochhäusern tragen musst?"

Andi begann der Vorschlag zu gefallen.

Rolf fuhr fort: „Deshalb fahren wir nach Hamburg, mein Lieber. Jetzt, sofort und auf der Stelle. Carpe diem, wie die alten Griechen sagten. Nutze den Tag. Mache Limonade daraus. Ich war noch nie in Hamburg, und ich höre nur Gutes. Nicht zuletzt von deiner Frau Mama. Die schwärmt seit Jahren davon, wie toll es in Hamburg ist. Und dass man da mal wieder hinfahren müsste. Müsste, wäre, Fahrradkette oder wie das heißt. Wir beide, du und ich, wir machen jetzt mal Nägel mit Köppen. Butter bei die Fische." Rolf schwenkte seine leere Bierflasche. „Darüber hinaus bin ich mir ziemlich sicher, dass es in Hamburg immer und überall was zu trinken gibt."

„Stimmt", rief der Holländer. „Und Matjes!"

Andi lächelte. „Wenn du das sagst. Aber was machen wir mit den Hühnern?"

„Es sind Enten, mein lieber Freund, und wir nehmen sie natürlich mit. Das Leben dieser Federtiere ist ja gewöhnlich nicht frei von Eintönigkeit. Schlüpfen, fressen, fett werden, den Hals umgedreht bekommen. Gerupft und aufgegessen werden. Es ist an uns, diesen Teufelskreis zu durchbrechen. Wir haben die einmalige Chance, zweien dieser armen Kreaturen zu zeigen, dass da draußen noch mehr auf sie wartet als die schwieligen Hände einer Bottroper Hausfrau. Außerdem waren sie bestimmt auch noch nie in Hamburg."

Kapitel 13 – Bayrisch Rovers

Hermann verstand nicht, warum sich Else für ihren samstäglichen Gang zum Markt neuerdings so aufplusterte.

Meist wusch sie sich gleich nach dem Aufstehen die Haare, drehte Lockenwickler hinein und nahm dann behutsam eines der drei Kleider aus dem Schrank, die sie, fein säuberlich auf Bügel gehängt, unter einem Überzug aus Klarsichtfolie aufbewahrte.

Früher hatte sie diese Kleider nur zu besonderen Anlässen getragen. Als sie sich „Cats" angeschaut hatten, zum Beispiel. Oder bei Familienfesten, zur Kommunion eines Neffen, zu Hochzeiten, später dann bei den ersten Beerdigungen im Freundeskreis.

Seit ein paar Wochen trug sie die Kleider, die sie „für gut" nannte, plötzlich auch samstags, wenn sie gemeinsam in die Innenstadt zum Markt gingen. Nicht, dass Hermann etwas dagegen gehabt hätte: Else sah ganz zauberhaft aus in ihren Kleidern für gut. Aber das Anlegen der Montur, das In-Form-Bringen der Haare, dazu die dezente Schminke, die Hermann heimlich und im Stillen „Elses Kriegsbemalung" nannte – das alles dauerte schon ein gerüttelt Maß an Zeit.

Früher hatten sie bis zehn Uhr häufig schon ihre Runde über den Markt gedreht, den Hackenporsche mit Obst, Gemüse und dem üblichen Krempel gefüllt, den man unter der Woche verbrauchte, und waren auf dem Heimweg. Seit Else sich schick machte, kamen sie selten vor zehn Uhr los. Das war zunächst nicht weiter schlimm, sie hatten ja selten Termine, und so konnte sich Hermann nach einem ausgiebigen Frühstück noch einmal für ein Weilchen auf das Sofa fläzen, die Füße auf das Couchtisch legen und in der aktuellen Ausgabe des „Reviersport" stöbern.

Einmal hatte Hermann seine Frau auf dem Markt darauf angesprochen, warum sie sich neuerdings an Samstagen so fein mache.
Er wählte seine Worte vorsichtig und spielte die möglichen Reak-
tionen vorher durch. Sie sollten nicht nach Vorwurf klingen und
nicht so, als habe er etwas dagegen. Sie sollten neugierig klingen,
interessiert.

„Spätzchen", flötete er so samtweich, wie es mit seiner Stimme
eben möglich war, als sie gerade beim Eiermann in der Schlange
standen. „Das Kleid steht dir ausgezeichnet. Aber sag mal, hast du
es früher nicht nur zu ausgewählten Anlässen angezogen?"

Else sah ihn ein Weilchen lang misstrauisch an. Dann gab sie eine
Antwort, mit der er nicht gerechnet hatte. „Im Musical waren wir
ja schon länger nicht mehr. Die Kleider sind aber zu schade, um
immer nur im Schrank zu hängen. Wer weiß denn, wie oft ich
noch Gelegenheit habe, sie zu tragen?"

Sie drehte sich zum Eiermann um und reichte ihm den mitge-
brachten Karton zum Befüllen. „Zehn braune Freiland XL, bitte.
Aber nicht die aus Holland. Die schmecken nach Fisch."

Hermanns Kopf wurde mit Gedanken an seine eigene Endlichkeit
geflutet, dann mit Gedanken an die Sterblichkeit seiner gelieb-
ten Ehefrau, und dann dachte er, so schnell es ging, wieder an
Fußball. Elses Antwort hatte ihm Angst gemacht. Wann immer
sich seine Gedanken in den Monaten danach zurück zu diesem
Moment in der Eiermannschlange verirrten, schob er sie so weit
wie möglich fort. War doch schön, dass Else sich schick machte.
Thema erledigt.

Dass sie sich neuerdings so spät auf den Weg zum Markt machten,
hatte allerdings auch zwei Nachteile.

Erstens: Seit ihre Runde verspätet begann, trafen sie Andi nicht mehr auf dem Markt. Manchmal stand der morgens noch mit seinem Kumpel Rolf beim Holländer am Fischwagen und trank Bier. Die Jungs waren dann die ganze Nacht unterwegs gewesen und entsprechend hinüber, doch Hermann störte das nicht weiter. Es war stets eine wunderbare Gelegenheit, morgens um neun Uhr mit seinem Sohn ein Bier zu trinken und ein bisschen zu quatschen. Frühschoppen quasi, an der frischen Luft. Weil Andi und sein Kumpel gern ein bisschen lauter lachten und auch mal den ein oder anderen groben Scherz machten, wurden Else diese Zusammentreffen meist schnell peinlich. Sie zog dann weiter, um Kartoffeln und Kohlrabi zu kaufen, und Hermann konnte in Ruhe mit den jungen Leuten einen trinken und über ihre Witze lachen.

Er fühlte sich bei diesen Treffen immer sehr jung, und deshalb bedauerte er, dass es sie nun nicht mehr gab. Elf Uhr war nach einer durchzechten Nacht selbst für junge Männer mit Andis Kondition zu spät. Und sich einfach allein beim Holländer ein Bier zu bestellen, das traute sich Hermann nicht. Das erste Bier des Tages musste dann noch etwas warten.

Der zweite Nachteil des verspäteten Marktbesuchs war: Hermann blieb so weniger Zeit, um zwischen Markt und Beginn der Bundesliga-Übertragung um 15.30 Uhr noch ein bisschen am Fußballplatz rumzustehen. Dort spielten samstags immer die Teams der Kneipenliga. Die 16 sogenannten Thekenmannschaften gehörten zu je einer Bottroper Gaststätte und setzten sich aus deren Stammgästen zusammen. Man traf sich unter der Woche am Tresen und am Samstag auf dem Fußballplatz, ein bisschen Bewegung tut ja gut. Trainiert wurde nicht – außer, man definierte das permanente Fachsimpeln samt Entwurf revolutionärer Taktiken auf Bierdeckeln nach dem achten Bier als „Training". Auf dem Platz blieb von diesen verwegenen Taktikentwürfen selten etwas übrig. Die Thekenmannschaften waren allesamt noch ein ganzes Stück schlechter als die Teams der Kreisliga, zu denen Vorwärts gehörte, und das wollte schon was heißen.

Dafür konnte Hermann, wenn die Kneipenliga spielte, endlich mal unvoreingenommen Fußball gucken. Er kannte die Teams kaum, musste also für niemanden sein, niemandem die Daumen drücken. Er bekam jede Menge unterschiedliche Mannschaften zu sehen. Die Liga nutzte freie Kapazitäten auf allen Bottroper Fußballplätzen, selten spielte dieselbe Mannschaft zweimal hintereinander auf der Anlage von Vorwärts. So wurde Hermann jeden Samstag Augenzeuge einer neu zusammengestellten Mischung gesammelten Elends, wenn 22 meist übergewichtige, oft unbegabte, noch immer betrunkene und nicht mehr ganz junge Männer versuchten, beim Treten des Balls nicht umzufallen.

An diesem Samstag erreichte er den Fußballplatz um 13.30 Uhr. Noch eine halbe Stunde später als sonst, weil er in der Stadt noch Flickzeug und eine Luftpumpe für sein Fahrrad kaufen musste. Die beiden Fahrradgeschäfte, in denen er Anfang der 80er zuletzt etwas erworben hatte, gab es nicht mehr, was Hermann allerdings erst feststellte, als er vor den Ladenlokalen stand. In einem der Ex-Fahrradläden war nun eine Spielhölle untergebracht, in dem anderen warb ein Ein-Euro-Shop auf grellgelben Schildern für seine Produkte: „ALLES SUPER-DUPER BILLIG!"

Na ja, dachte Hermann, vermutlich einen Euro. Sonst wäre der Name ja Quatsch. Er lief dann zum Karstadt, dort gab es immer alles. Er fand eine kleine Fahrradabteilung im Untergeschoss.

Als er sich dem Fußballplatz näherte, sah er schon von Weitem den Schwatten aus seiner Luke gucken. Der Moneymaker stand vor dem Verkaufsschalter neben ihm, lässig an die Wand gelehnt, ein Bier in der Hand, und starrte aufs Spielfeld. Kalle trat gerade aus dem Vereinsheim und ruckelte mit seiner Hand die Hose zurecht.

Auf dem Platz tat sich Seltsames. Eine Mannschaft, die Hermann wegen ihrer quietschgrünen Trikots als die Queens Pub Rangers erkannte, lief sich warm. „Laufen" umriss es dabei nicht richtig: Drei Spieler droschen dem dicken Torwart aus nächster Nähe Bälle um die Ohren, die übrigen Spieler standen in kleinen Grüppchen zusammen und plauderten. Dabei taten sie so, als dehnten sie ihre Muskulatur. Einer rauchte.

Die andere Mannschaft stand am Rand. Die Spieler waren noch nicht umgezogen. Sie wirkten genervt.

„Was'n los?", fragte Hermann einen schlaksigen Burschen.

„Unsere Trikots sind nicht da."

„Wo sind die denn?"

„Die hat unser Mittelstürmer letzte Woche mitgenommen. Und auf den warten wir jetzt."

„Das ist ja Mist", sagte Hermann. „Wer seid ihr denn?"

„Die Bayrisch Rovers."

„Ah. Die Jungs vom Bayerischen Weißbierhaus?"

„Nein. Das ist Rot-Weißbier Bottrop. Wir gehören zu den Franziskaner-Stuben."

Verwirrend, dachte Hermann.

In diesem Moment kam ein rotgesichtiger Mann vom Parkplatz hinter dem Vereinsheim in ihre Richtung gewetzt, unter dem Arm ein alter Lederkoffer, offenbar hastig gepackt. Ein Trikotärmel und ein paar Stutzen hingen heraus.

„Schön, dass du es einrichten konntest", rief ihm der Schlaksige entgegen, und der Rest der Mannschaft klatschte höhnisch Beifall. „Warmgelaufen biste ja jetzt schon."

Der mit dem roten Kopf ließ den Koffer fallen, stützte die Arme auf die Oberschenkel und pustete tief durch.

„Freut euch nicht zu früh", hechelte er. „Ich habe gar nicht mehr daran gedacht, dass ich die Trikots letzte Woche mitgenommen habe. Ich habe den Koffer jedenfalls so aus dem Kofferraum geholt, wie ich ihn letzten Samstag hineingelegt habe."

„Nach dem Spiel?", fragte der Schlaks entsetzt.

Der Rotgesichtige nickte.

„Nach dem Spiel auf dem Ascheplatz? Bei dem es 90 Minuten geregnet hat?"

Der Rotgesichtige nickte wieder.

„Das heißt: Die benutzten Trikots lagen jetzt eine Woche im Koffer? Im Kofferraum deines Autos? Und sind nicht gewaschen?"

Der Rotgesichtige nickte zögerlich.

Bevor er etwas zu seiner Verteidigung sagen konnte, brach unter seinen Mitspielern Tumult aus. Wüste Beschimpfungen und ein paar Kaffeebecher prasselten auf ihn ein, während ein Spieler den Koffer so vorsichtig öffnete, als wäre er die Tür zu einer Wohnung, in der seit Monaten eine Leiche lag. Der Geruch, der ihm aus dem Koffer entgegenschlug, war offenbar vergleichbar. Würgend wendete sich der Spieler ab. Eine feine Note von altem, getrocknetem Schweiß zog bis zu Hermann herüber. Er verabschiedete sich lieber schnell.

„Donnerwetter, Jungs. Na, dann viel Glück", sagte er und sah zu, dass er zum Schwatten ans Thekenfenster kam. Kalle reichte ihm schweigend ein Bier. Sie stießen an und sahen interessiert zu, wie jeder Bayrisch Rover versuchte, das Trikot zu finden, in dem er in der Vorwoche gespielt hatte. Wenn schon ein feuchtes, ungewaschenes Trikot, dann doch bitte das eigene.

„Preisfrage", sagte Kalle, der das Treiben ebenfalls staunend verfolgte. „Glaubt ihr, dass man seinen eigenen alten Schweiß am Geruch erkennen kann? Oder riecht alter Schweiß einfach immer gleich grässlich?"

Während Hermann, der Schwatte und der Moneymaker schweigend nachdachten, gaben die Rovers auf dem Platz die Antwort. Offenbar nicht in der Lage, den eigenen Schweiß zu identifizieren, zog jeder Spieler widerwillig irgendein Trikot an. Einige von ihnen würgten. Dann liefen sie auf den Platz, den in diesem Moment auch der Schiedsrichter betrat. Es konnte losgehen. Die Spieler der Queens Pub Rangers lösten ihre Plauderrunde auf, der Rauchende trat hastig seine Kippe aus. Dann liefen sie zum Mittelkreis.

„Wieso haben die einen Schiri?", wunderte sich Kalle.

Gute Frage, dachte Hermann. In der Tat waren Schiedsrichteransetzungen in der Kneipenliga eher selten. Meist pfiff der Betreuer, der am wenigsten betrunken war. Heute aber hatte sich ein junger Schiedsrichter eingefunden, der offenbar noch Karriere machen wollte. Das Trikot trug er adrett in die Hose gesteckt, die Schuhe frisch geputzt. Unter den linken Arm hatte er zwei Linienrichterfahnen geklemmt. Nach der Platzwahl drückte er den Spielführern der Rangers und der Rovers je eine Fahne in die Hand. Der Rover blickte sich suchend um, stellte fest, dass sie keine Betreuer hatten, sah Hermann und kam zu ihm herübergelaufen.

„Hömma, kannst du Linienrichter machen?"

Ohne zu zögern, sprang Kalle seinem Freund zur Seite. „Ich mach das. Ich bin ja selber so eine Art Schiedsrichter. Und jetzt Linienrichter in der Kneipenliga, das war schon immer mein Traum."

Er nahm dem Rover die Fahne ab, stellte sich an die Seitenlinie und nahm Haltung an. Hermann war ganz froh, dass dieser Kelch an ihm vorübergegangen war. Die Fahne war bei Kalle besser aufgehoben. Auch wenn das sportliche Niveau dieser Partie nach Krankengymnastik mit Ball aussehen würde – Kalle würde das Spiel so ernst nehmen, als wäre er Linienrichter bei einem Bundesliga-Match. Der Schiedsrichter pfiff an.

Ein Weilchen schauten Hermann und seine Kumpels dem wüsten Treiben auf dem Platz schweigend zu. Auffällig war, wie sehr die Rangers darum bemüht waren, ihren Gegenspielern nicht zu nahe zu kommen. Die Rovers nutzten die sich so ergebenden Räume zu zwei schnellen Toren. Interessant, dachte Hermann. Ungewaschene Trikots als Taktik.

„Dreckige Trikots", murmelte der Moneymaker, der offenbar Hermanns Gedanken lesen konnte. Er nahm noch einen tiefen Schluck aus seiner Bierflasche und rülpste. „Als ich noch Trainer bei RWE war, hätte es so was nicht gegeben."

Du warst mal Trainer?, dachte Hermann, verkniff sich die Frage aber lieber. Er wusste, dass der Moneymaker nur darauf wartete. Der folgende Monolog würde bestimmt eine halbe Stunde dauern, aber schlussendlich nicht mit einem Großteil der Räuberpistolen zusammenpassen, die ihnen der Moneymaker in den vergangenen Jahren über seine Karriere als Spieler, Funktionär und nun also Trainer bei Rot-Weiß Essen erzählt hatte. Der Vorwärts-Schatzmeister schien über die Anekdoten aus seiner Vergangenheit nicht gut Buch zu führen.

„Du warst mal Trainer?", fragte der Schwatte geistesabwesend.

Hermann zuckte zusammen. Na super. Er blickte den Schwatten vorwurfsvoll von der Seite an.

„Hab ich das nie erzählt?" Der Moneymaker simulierte Erstaunen. „Passt auf, das war so."

Er begann einen längeren Monolog, der – das merkte selbst Hermann mit seinem laienhaften Wissen über Rot-Weiß Essen – vor faktischen Fehlern nur so wimmelte. Die Spieler, die der Moneymaker als Trainer „in den 70ern" entdeckt haben wollte, hatten entweder viel früher oder gar nicht für den Verein gespielt. Dem Moneymaker schien das wurscht zu sein, er parlierte einfach weiter. Der Schwatte, der diesen Monolog mit seiner idiotischen Nachfrage überhaupt erst ausgelöst hatte, verabschiedete sich mittendrin ins Innere des Vereinsheims. „Spannend", sagte er und verschwand in seiner Luke. „Sorry, ich muss die Kühlschränke auffüllen." Hermann blieb allein mit dem Moneymaker und dessen Geschichte zurück. Ohne zuzuhören, nickte er in regelmäßigen Abständen, streute gelegentlich ein „Hm, hm", ein „Ach" oder ein „Verrückt" ein und hoffte insgeheim, dass seine kurzen Einwürfe zu den jeweiligen Stellen der Moneymaker-Geschichte passten.

Tatsächlich aber beobachtete er Kalle, der zunächst seitwärts hopsend versuchte, an der Seitenlinie auf Ballhöhe zu bleiben. Dieses Unterfangen brach er schon nach wenigen Minuten ab. Das Tempo des Spiels war zwar mäßig, aber immer noch schnell genug, um den engagierten Linienrichter völlig aus der Puste zu bringen. Das lag auch daran, dass Kalle seine Rolle überinterpretierte. Eigentlich war seine einzige Aufgabe, dem Schiedsrichter anzuzeigen, wenn der Ball auf seiner Seite die Außenlinie überquert hatte. Kalle hingegen fühlte sich verpflichtet, weit mehr am Spiel teilzunehmen. Er riss die Fahne hoch, wenn er einen Spieler im Abseits wähnte, wenn ein Kicker am Boden lag und wenn er glaubte, ein Foulspiel gesehen zu haben. Weil der Schiedsrichter vom Engagement des Linienrichters kaum Notiz nahm, wedelte Kalle bei jedem Mal heftiger mit der Fahne. Bisschen wie ein Fluglotse, dachte Hermann. Muss man aufpassen, dass hier nicht gleich ein Jumbojet landet.

Der Moneymaker redete noch immer, als der Schwatte seinen Kopf wieder aus der Luke steckte. Offenbar bemerkte er, was er mit seiner unbedachten Frage losgetreten hatte. Er reichte zwei neue Biere heraus, wartete darauf, dass der Moneymaker den ersten Schluck nahm, und feuerte dann blitzschnell eine Ablenkungsfrage ab.

„Wer sind denn eigentlich die Grünen?"

„Die Queens Pub Rangers", sagte Hermann, und in seiner Stimme klang Dankbarkeit mit.

„Und die Roten?"

„Die Bayrisch Rovers."

„Ah. Die Jungs vom Bayerischen Weißbierhaus?"

„Nein. Das ist Rot-Weißbier Bottrop. Die gehören zu den Franziskaner-Stuben."

Der Schwatte blickte nachdenklich. „Verwirrend."

An der Seitenlinie wurde Kalle von Spielminute zu Spielminute frustrierter. Er untermalte sein wildes Gefuchtel nun mit lautstarken Rufen: „Abseits!" Oder: „Foul!" Der Schiri ignorierte die Anmerkungen seines Linienrichters weiterhin. Kalle wurde es irgendwann zu bunt.

„Dann mach deinen Mist hier doch alleine!", schimpfte er und steckte die Fahne in den sandigen Boden an der Seitenlinie. Er gesellte sich zu seinen Freunden an den Tresen.

„Einmal mit Profis arbeiten", sagte Kalle. „Schwatten, mach mal drei Bier. Und Uerdinger! Is schon spät genug für Uerdinger?"

Zwei Schnäpse später hatte auch der Moneymaker seinen Monolog beendet. Der Schiedsrichter pfiff zur Halbzeit.

„Sach ma, Sikorra", sagte Kalle und wandte sich Hermann zu. „Wie läuft's denn für deinen Junior im Möbellager?"

Hermann schob die Unterlippe vor. „So mittel."

„Wieso?"

„Der Chef scheint ihn auf dem Kieker zu haben."

„Ja, das muss ein ziemlicher Spinner sein. Das habe ich schon häufiger gehört. Hat wohl üble Komplexe wegen seiner Fistelstimme. Ich kannte den schon, da war er so", sagte Kalle und streckte seinen Arm auf Hüfthöhe aus. „Da war er vielleicht acht oder neun. Der klang als Kind genauso wie an seinem 18. Geburtstag. Ist offenbar nie in den Stimmbruch gekommen. Ich habe den seit Jahren nicht gesehen. Ich war ja früher ganz dicke mit seinem Alten, der ist aber auch schon fünf Jahre tot. Soll ich mal mit dem reden, mit dem Junior vom Busch?"

„Mit wem?", fragte Hermann.

„Mit Busch junior. Dem Chef vom Möbellager."

„Ich dachte, der heißt Herrbusch?"

Kalle guckte irritiert. „Was soll das denn für ein beknackter Name sein?"

„Keine Ahnung. Lass mal gut sein jedenfalls. Andi regelt das schon. Er ist ja schon groß."

CORRECTIV

Kapitel 14 – Lederficker

Andi und Rolf fuhren mit der S-Bahn von Bottrop zum Essener Hauptbahnhof. Dort standen sie dann erst einmal ratlos vor dem Fahrscheinautomaten herum. Mit zusammengekniffenen Augen starrte Rolf auf das Display. Gelegentlich bellte er Andi Fragen zu.

„Wo wollen wir hin?"

„Hamburg."

„Is klar. Aber wohin in Hamburg? Hamburg-Hauptbahnhof? Hamburg-Dammtor? Hamburg-Altona?"

„Hamburg-St. Pauli", sagte Andi.

„Is auch klar. Steht hier aber nicht."

„Dann nimm Hauptbahnhof. Von da kommt man überallhin", glaubte sich Andi zu erinnern.

Meine Fresse, dachte er, auch schon locker 35 Jahre her, dass ich mit meinen Alten da war. Vor seinem geistigen Auge sah er seinen Vater vor sich, das Haar noch voller und dunkler, wie er sich panisch an seine Mutter klammerte, während sie am Hans-Albers-Platz vorbeiliefen. Dort standen die Prostituierten wie an einer Perlenkette aufgereiht. Das seien „leichte Mädchen", erklärte ihm sein Vater mit gedämpfter Stimme. Andi verstand nicht. Mit großen Augen schaute er die Frauen an, die seinem Vater hinterherpfiffen. Vielleicht hießen die „leichte Mädchen", weil sie so leicht bekleidet waren. Sonst war an den meisten nämlich gar nichts leicht, im Gegenteil: Der schwere Busen schien ihnen allen aus den viel zu knappen Dekolletés zu springen, was den kleinen Andi ganz schön nervös machte. Auch das verstand er nicht.

Er erinnerte sich noch sehr genau daran, wie eine sehr groß gewachsene, sehr leicht bekleidete und sehr vorlaute Frau seinen Eltern etwas hinterherrief: „Kommt mal ran hier, ihr beiden Landeier. Mutti darf zugucken, ist für lau! Und den kleinen Mann, den setzt ihr so lange in die Heiße Ecke und kauft ihm eine Wurst!"

Wobei sollte seine Mutter zugucken? Wieso war die Ecke heiß? Was für eine Ecke überhaupt? Hunger hatte er jedenfalls keinen. Seine Mutter kam angelaufen, irgendetwas an der Aufforderung der fremden, halb nackten Frau hatte sie offenbar sehr erzürnt. Sie zerrte Andi, der stehen geblieben war und die vorlaute Frau mit offenem Mund anstarrte, am Arm weiter, und dann liefen sie hinunter zu den Landungsbrücken und machten eine Hafenrundfahrt.

„Hast du eine Bahncard?"

Rolfs Frage riss Andi aus seinen Erinnerungen.

„Eine was?"

„Eine Bahncard."

Andi zückte seine Geldbörse und kramte darin herum.

„Ich könnte dienen mit ... einem Mitgliedsausweis für die Mucki-bude. Einer EC-Karte, die in ... Moment ... exakt 22 Tagen abläuft. Einem Vierfahrtenschein für den Verkehrsverbund Rhein-Ruhr, da sind allerdings schon drei Fahrten abgefahren. Und mit einer Bonuskarte von den Costas. Wie geil! Noch einmal Doppelcurry Doppelpommes und ich bekomme einen Teller für lau!"

„Heißt das: Nein?"

„Jawohl, mein Freund. Das heißt: Nein. Ich bin nicht im Besitz einer Bahncard."

„Okay."

Wieder drückte Rolf irgendeine Taste, um dann erneut reglos auf das Display zu starren.

„Wollen wir reservieren?"

„Wollen wir was reservieren?"

„Na, Sitzplätze."

„Müssen wir sonst stehen?"

„Keine Ahnung. Kostet aber extra. Vierfuffzich."

„Egal, mach", sagte Andi. „Ich will nicht stehen."

„Abteil oder Großraum?"

„Bitte?"

„Gang oder Fenster? Oder keine Präferenz?"

„Keine was? Ich möchte bitte mit dem Zug nach Hamburg fahren. Jetzt gleich und sitzend, wenn es nicht zu große Umstände macht", sagte Andi. „Alles andere ist mir völlig schnuppe."

Rolf drückte noch ein bisschen auf dem großen Display herum, schob dann seine EC-Karte in den Bezahlschlitz, drückte ein bisschen auf einem kleineren Display rechts neben dem großen herum, und kurz darauf fielen zwei Fahrscheine aus einem hektisch blinkenden Schlitz.

„Das wäre schon mal geschafft", sagte Rolf stolz und lotste sie auf den richtigen Bahnsteig, wo kurz darauf der Intercity nach Norden einfuhr. Sie fanden ihre reservierten Plätze in einem schon ziemlich vollen Sechserabteil, stellten den Karton mit den Enten ins Gepäckfach und setzten sich. Die übrigen Passagiere, zwei Rentnerpaare, die Butterbrotdosen und Thermoskannen auf dem Abteiltisch angeordnet hatten, musterten Andi und Rolf mit einer Mischung aus Ekel und Furcht. Ob der gute Rock 'n' Rolf und ich wohl eine klitzekleine Fahne haben, fragte sich Andi. Die Antwort gab einer der Rentner, als er die Abteiltür, die Rolf hinter sich geschlossen hatte, unauffällig mit dem Fuß wieder aufschob.

Noch bevor der Zug den nächsten Halt in Bochum erreichte, waren Rolf und Andi eingeschlafen.

Als sie erwachten, war das Abteil leer.

Das konnte verschiedene Gründe haben. Erstens hatte sich das Abteil mit einer Duftmischung aus Pommesbude, Bier, Ouzo und Fischbrötchen mit Zwiebeln gefüllt, die eine fast schon physische Präsenz hatte. Rolf schien sie auch zu fühlen, ruckartig riss er am Abteilfenster herum, das sich allerdings nicht öffnen ließ. Zweitens spürte Andi ein leichtes Kratzen im Rachen, was ein untrügliches Zeichen dafür war, dass er in den vergangenen Stunden ausdauernd und aus vollem Hals geschnarcht hatte. Drittens hatten sich die beiden Enten in ihrem Karton noch immer lautstark etwas zu erzählen.

Während Andi noch darüber nachdachte, welche dieser Ursachen die Rentner aus dem Abteil vertrieben haben könnte, fuhr der Zug in den Hamburger Hauptbahnhof ein.

„Und jetzt?", fragte Andi und blickte sich suchend in der großen Bahnhofshalle um.

CORRECTIV

„Jetzt suchen wir uns ein Hotel", sagte Rolf.

„Bist du müde?", fragte Andi.

„Nö", sagte Rolf. „Ich habe im Zug hervorragend gepennt. Aber wir können die Enten ja wohl kaum mit auf den Kiez nehmen. Diese zwielichtigen Spelunken, das ist nichts für so unschuldige Tiere. Da wird doch überall geraucht! Das kann ich aus Gründen des Tierschutzes nicht verantworten."

Andi stimmte seinem Freund zu. Sie nahmen den Ausgang Richtung St. Georg, bogen einmal ab und steuerten auf das erstbeste Hotel zu.

„Hotel" war in diesem Falle ein großes Wort. Das schmale, dreistöckige Gebäude sah aus, als fiele es nur nicht um, weil man es zwischen zwei stabileren Häusern eingeklemmt hatte. Hinter nahezu blinden Fenstern vergilbten uralte Gardinen. Über der Tür waren Buchstaben angebracht, die sich zu einer Leuchtreklame zusammenfügten. Vor vermutlich sehr langer Zeit hatten dort mal die Wörter „EMDENER HOTEL" geleuchtet, davon war aber kaum etwas übrig. Die Neonröhren in den meisten Buchstaben waren kaputt. Übrig blieben fünf Lettern, die schwach in den nachmittäglichen Hamburger Nebel funzelten: „E N TEL".

„Wenn das mal kein Zeichen ist", frohlockte Rolf. Er rappelte kurz mit dem Entenkarton, was das darin befindliche Federvieh mit lautstarkem Quaken quittierte.

Neben der Hoteltür war ein Messingschild an die Wand geschraubt: „Studenten, Arbeitslose und Seeleute zahlen die Hälfte." „Sind wir doch alles", blödelte Rolf. „Zwei Arbeitslose, die die Kneipen der Reeperbahn studieren und das wilde Treiben in der Großen Freiheit sehen wollen!"

In der schmuddeligen Lobby, die nicht viel mehr war als ein Hausflur, saß hinter einem winzigen, abgegriffenen Tresen ein übermüdeter Rezeptionist. Als Andi und Rolf durch die Tür traten, gähnte er herzhaft.

„Moin moin", sagte Andi und fühlte sich gleich sehr hanseatisch. „Haben Sie ein Doppelzimmer?"

Der Typ hinter der Rezeption starrte ihn ausdruckslos an.

„Wir haben so viele Doppelzimmer, dass wir sie sogar vermieten."

Sieh an, dachte Andi. Ein Rezeptionist und Komiker.

„Dann hätten wir gern eines. Für eine Nacht."

Der Typ an der Rezeption nahm einen Schlüssel vom Schlüsselbrett und reichte ihn über den Tresen. „Zimmer 28. Zweiter Stock. Macht 55 Euro. Zahlbar vorab und in bar." Für die Personalien seiner Gäste schien er sich nicht zu interessieren.

Andi kramte das Geld aus seiner Hosentasche. Während der Rezeptionist die Scheine in eine Geldkassette legte, fragte er beiläufig: „Was ist in dem Karton?"

„Enten", sagte Andi.

Erstaunlicherweise war dies die erste Gelegenheit seit dem Kauf auf dem Bottroper Wochenmarkt, bei der die Tiere länger als drei Minuten ihre Schnäbel hielten. Wieder starrte der Rezeptionist Andi ausdruckslos an. Diesmal allerdings etwas länger. Dann beschloss er offenbar, Andis letzte Bemerkung für einen Witz zu halten. „Ha", machte er, ohne das Gesicht zu verziehen, setzte sich wieder auf seinen Stuhl hinter dem Tresen und schenkte seinen Gästen keine weitere Aufmerksamkeit.

Sie stiegen die Treppen hinauf in den zweiten Stock. Offensichtlich war Zimmer 28 seit geraumer Zeit weder vermietet noch gelüftet worden. Während sich Andi umsah, verschwand Rolf mit dem Entenkarton im Badezimmer. Kurz darauf hörte Andi Wasser rauschen. Er folgte seinem Freund ins Bad und sah, wie Rolf den Karton vorsichtig öffnete und die wild strampelnden Tiere in die schon halb volle Badewanne setzte. Eilig drehte Rolf das Wasser ab, schob seinen Freund zurück ins Zimmer und schloss die Badezimmertür von außen.

„Was wird das denn, wenn es fertig ist?", fragte Andi.

„Enten sind Wildtiere", erklärte Rolf, während er sich rückwärts auf das Doppelbett fallen ließ. Eine riesige Staubwolke stieg auf. „Wir haben diese geschundenen Geschöpfe vor dem Beil bewahrt, sie aber danach stundenlang in einem winzigen Pappkarton gefangen gehalten. Sie brauchen Luft. Und sie brauchen Wasser. Beides habe ich ihnen nun geschenkt. Auch hier gilt: Einen noch längeren Verbleib im Karton kann ich aus Gründen des Tierschutzes nicht verantworten."

Andi fand das nachvollziehbar. Vorsichtig legte er sich neben Rolf aufs Bett und sah dem aufgewirbelten Staub dabei zu, wie er im fahlen Resttageslicht zu Boden rieselte wie sehr feiner Schnee.

Ein Weilchen starrten Andi und Rolf an die Decke.

„Bist du denn müde?", fragte Rolf.

„Nö", antwortete Andi. „Ich hab auch gut gepennt."

Rolf sprang auf. „Worauf warten wir dann noch? Der Kiez will erobert werden!"

Sie liefen zurück zum Hauptbahnhof, wo sie in eine U-Bahn der Linie 3 Richtung St. Pauli stiegen. Sie setzten sich in einen ziemlich leeren Waggon und schwiegen zwei Stationen lang, bis ein lautstarkes Knurren die Stille zerriss. Andi guckte Rolf an.

„Hast du unterwegs noch irgendein Tier gekauft? Oder was war das jetzt?"

„Das war mein Magen", sagte Rolf.

„Das war dein Magen?"

„Ja, das war mein Magen."

Ein weiteres Knurren ertönte, trotz des Ratterns der U-Bahn für Andi gut hörbar.

„Hast du schon mal überlegt, mit deinem Magen bei ‚Wetten, dass..?' aufzutreten?"

„‚Wetten, dass..?' gibt es nicht mehr", sagte Rolf, ohne den Blick vom Liniennetzplan abzuwenden, der über der Tür angebracht war.

„Richtig", sagte Andi. „Aber wenn es ‚Wetten, dass..?' noch gäbe, würdest du dann erwägen, mit deinem Magen dort aufzutreten? Rolf Schokolowski aus Bottrop wettet, dass sein Magen drei verschiedene Tiere imitieren kann, oder so."

„Das ist eine hypothetische Frage", sagte Rolf. „Darüber müsste ich nachdenken. Wir müssen jetzt raus."

Am U-Bahnhof St. Pauli stiegen sie aus der Bahn. Auf der Rolltreppe nach oben drehte sich Rolf zu seinem Freund um: „Du hast das imposante Knurren meines Magens ja bereits ausgiebig gewürdigt. Die Botschaft aber, die dieses Knurren aussendet, die hast du vollständig ignoriert. Ich habe Hunger."

„Auf was denn?"

„Ja, auf was denn wohl?"

„Ach ja, der Holländer. Dann machen wir uns mal auf die Suche nach den besten Fischbrötchen ‚von die hele Welt'."

Die Rolltreppe spuckte sie am östlichen Ende der Reeperbahn aus, wo sie sich suchend umschauten. Andi versuchte, irgendetwas wiederzuerkennen. Er erinnerte sich dunkel an den Spielbudenplatz, die blinkenden Leuchtreklamen der Theater und die des Cafés Keese gegenüber.

„Wo ist denn nun diese legendäre Bude, von der du heute früh so geschwärmt hast?", fragte Rolf.

Andi zuckte mit den Schultern. „Wir haben eine Hafenrundfahrt gemacht und sind direkt danach essen gegangen. Am Hafen gab es jede Menge Buden, aber mein Vatter hat darauf bestanden, dass wir diese eine ansteuern, die ihm ein Kollege von der Zeche empfohlen hatte." Andi überlegte. „Ich glaube, die war direkt hinter der Davidwache. Wir haben da ewig in der Schlange gestanden, und ich weiß noch, dass man die Kräne im Hafen sehen konnte."

„Klingt nach einer heißen Spur", sagte Rolf.

Sie fragten sich zur Davidwache durch, bogen dort ab in die Davidstraße. Nach ein paar Metern entdeckten sie an einer Hauswand ein Schild: „Fischer Fritze. Bei uns gibt's was zwischen die Kiemen. 50 Meter links."

„Das muss es sein", sagte Andi.

Ein paar Meter weiter versperrten Menschenmassen den Gehsteig. Andi sprach eine junge Frau an, die ein Baby vor den Bauch gebunden trug und verzweifelt darum bemüht war, ihr zweites, etwa drei Jahre altes Kind davon abzuhalten, mit seinen Sandalen in eine Pfütze am Fahrbahnrand zu hüpfen.

„Tschuldigung. Bist du das Ende der Schlange?"

„Ich bin das Ende", sagte die junge Frau außer Atem. „Ich bin das Ende, und ich bin am Ende." Sie kramte in ihrer Manteltasche, holte einen Lutscher hervor und hielt ihn ihrem größeren Sohn vor die Nase. „Du darfst diesen Lutscher haben. Aber: Es ist ein Zauberlutscher. Du musst ihn genau hier auflutschen, direkt neben mir. Dann hält er länger und ist zuckersüß. Wenn du dich mehr als einen Schritt von mir wegbewegst, dann wird der Lutscher sofort sauer. So sauer wie die allersauerste Zitrone."

Der Junge blickte den Lutscher misstrauisch an. Dann seine Mutter, dann wieder den Lutscher.

„Okay", sagte er, stopfte sich den Lolli in den Mund und klebte seiner Mutter fortan am rechten Bein. Langsam bewegte sich die Schlange voran.

„Guter Trick", sagte Andi.

„Pure Verzweiflung", sagte die Mutter lachend. „Ihr seid nicht von hier, oder?"

„Nein, meine Liebe. Wir kommen aus Bottrop", fiel Rolf Andi ins Wort und hob zu einem längeren Monolog an, der die Vorzüge der Metropole an der Ruhr in höchsten Tönen pries. Die junge Mutter schien ernsthaft interessiert. Sie stellte mehrfach Nachfragen, die Rolf höflich und detailliert beantwortete, denen Andi aber bald schon nicht mehr folgte.

Vor der Mutter stand ein Mann in der Schlange, dessen Lederjacke Andis volle Aufmerksamkeit auf sich zog. Während sich die Schlange in kleinen Schritten vorwärts bewegte, versuchte Andi, sich der Jacke unauffällig zu nähern, um die Schrift darauf besser entziffern zu können. Der Mann hatte sie mit einem silbernen Lackstift bemalt, und das offenbar freihändig und ohne Schablone. Von der linken hinüber zur rechten Schulter hatte er einen Schriftzug gemalt: „Lederficker". Darunter, schief und in kleiner, krakeliger Handschrift: „Men fuck and piss."

Sieh an, dachte Andi. Diese Großstädter. Er nickte Rolf zu: „Guck mal!"

Nun starrten auch Rolf und die Mutter auf die Jacke, in ihren Augen ähnliche Ratlosigkeit.

„Vielleicht eine Band?", rätselte Rolf.

„Vielleicht einfach ein ganz normaler Kiezbewohner, der sein Hobby auf der Jacke spazieren trägt", überlegte die junge Mutter leise. Sie streichelte ihrem Sohn, der noch immer andächtig seinen Lolli lutschte, über den Kopf. „Spätestens, wenn der kleine Charly lesen kann, müssen wir hier wegziehen." Sie lachte. „Bis dahin würden wir allerdings gern erst mal hierherziehen. Apropos: Wer von euch sucht denn eine Wohnung? Oder sucht ihr zusammen?"

Andi verstand nicht. Auch Rolf blickte die junge Mutter irritiert an.

„Wie Wohnung?"

„Na, die Wohnung. Zwei Zimmer, Küche, Bad, 650 Euro warm. Oder steht ihr hier zum Spaß an?"

Rolf verstand noch immer nicht. Andi begann es zu dämmern. Er trat einen Schritt aus der Schlange nach rechts und blickte nach vorn. 20 Meter vor ihnen knickte die Schlange abrupt nach links ab. Dort verschwand sie nicht wie erwartet in der Tür eines Fischladens. Sie führte in einen Hauseingang.

„Alte Kacke", entfuhr es Andi. „Ist das hier nicht die Schlange für Fischer Fritze?"

„Der Fischbrötchenladen?", fragte die junge Frau überrascht. „Den gibt's schon ewig nicht mehr. Schade eigentlich, der war echt gut." Sie guckte die Jungs mit großen Augen an. „Nicht im Ernst, oder? Ihr dachtet ...? Ihr braucht gar keine ...?"

Dann prustete sie so laut los, dass der Lederficker sich umdrehte. Sein Gesicht war komplett tätowiert, in der linken Wange klaffte ein Loch mit einem Tunnel darin, durch den man einige Backenzähne sehen konnte. Das Lachen der Mutter war so ansteckend, dass nun auch Andi und Rolf mitlachten. Sogar der Lederficker begann zu grinsen. Man konnte die Zähne in seinem Mund nun durch zwei Öffnungen sehen.

Die Mutter wischte sich ein paar Lachtränen aus den Augen. „Ihr seid echt grandios, Jungs. Immerhin: ein Konkurrent weniger."

Andi war echt erstaunt. „All diese Leute stehen hier für eine einzige Bude an? Mitten auf dem Kiez? Mit Blick auf Spielotheken und Puffs?"

Die junge Mutter holte zu einer längeren Erklärung aus. Sie erzählte von einem Kindsvater, der offenbar ein ziemlicher Idiot war und eine nette, junge Frau mit zwei kleinen Kindern sitzen ließ, um als Musiker nach Südamerika abzuhauen. Von der Verzweiflung der alleinerziehenden Mutter, in einer völlig überteuerten Stadt bezahlbaren Wohnraum zu finden, und von Wohnungsbesichtigungen mit Hunderten Interessenten, bei denen der Makler der Alleinerziehenden nach einer Stunde Wartezeit an der

Wohnungstür beschied, dass man nicht so gern kleine Kinder im Haus haben wolle.

Als sie ihre Erklärung beendete, hatten sie den Hauseingang bereits betreten. Die Schlange war jetzt nur noch kurz, sie endete nach drei Stufen in einer Wohnungstür im Hochparterre. Dort trat gerade ein junger Mann heraus, offenbar ein Interessent. Er blickte den Lederficker entsetzt an, eilte dann an Andi, Rolf, der Mutter und den beiden Kindern vorbei aus dem Haus. Der Lederficker war nun an der Reihe. Er ging in die Wohnung.

„Ich fasse zusammen", sagte die junge Mutter, „ich bin verzweifelt. Und ich brauche diese Bude wirklich dringend. Aber bei der Konkurrenz wird das vermutlich wieder nix."

„Ich habe gute Nachrichten für dich", sagte Rolf. „Der Herr Sikorra hier und ich, wir waren früher Pfadfinder. Jeden Tag eine gute Tat. Wir haben heute bereits zwei Enten das Leben gerettet, aber dann arbeiten wir halt für morgen vor."

Er blickte Andi an.

„Dann lass uns mal zusehen, dass wir der Dame hier diese Bude besorgen."

Mit einem geschickten Tritt kickte Rolf den hölzernen Keil, der die Haustür offen hielt, die Treppe zum Keller hinab. Die Haustür fiel ins Schloss. Von draußen hörte Andi noch ein dumpfes „Ey!" – das musste das Pärchen sein, das hinter ihnen in der Schlange gestanden hatte. Andi nahm die drei Treppenstufen hinauf in die Wohnung.

Eine nette Bude war das, ohne Frage.

Alte Holzdielen, an den Decken Stuck. Wie hoch die in diesen alten Hütten immer die Zimmer gebaut haben, dachte Andi. Irrsinn. Muss man doch alles beheizen! Im Flur der Wohnung stand eine Frau, mit der man, hätte man gewollt, in einem Fernsehfilm die Rolle einer Hamburger Maklerin hätte besetzen können. Sie trug Perlenohrringe und einen strengen Zopf, ein Poloshirt und einen lachsfarbenen Pulli, den sie sich um die Schultern geknotet hatte. Ihre nackten Füße steckten in Segeltuchschuhen, auf dem Kopf trug sie eine überaus große Sonnenbrille, des Wetters wegen vermutlich eher Accessoire als Sonnenschutz.

Die Frau versuchte, ihr dezent geschminktes Gesicht nicht in eine Grimasse des Ekels entgleiten zu lassen, als ihr der Lederficker einen DIN-A4-Zettel reichte, den er offenbar gerade ausgefüllt hatte. „Herzlichen Dank", sagte die Frau gequält und legte den Zettel mit spitzen Fingern in einen Schuhkarton, der neben ihr auf dem Boden stand. Der Lederficker ging, die Frau wandte sich der jungen Mutter zu.

„Guten Tag. Mein Name ist Stefanie Schneider-Möllenrath vom Maklerbüro Schneider-Möllenrath. Ich bin die Maklerin. Darf ich Sie bitten, so einen Bewerberbogen auszufüllen? Wir treffen dann eine Auswahl und kommen auf Sie zu, falls Sie die glücklich Auserwählten sind. Schauen Sie sich gern um. Wenden Sie sich mit Fragen gern an mich. Gehören Sie zusammen?" Die junge Mutter blickte Andi und Rolf fragend an.

Jetzt kommt Rolfs großer Moment, dachte Andi. Sein Freund riss die Augen weit auf, dann platzte es aus ihm heraus.

„Aber nein, gute Frau! Aber nein! Die junge Dame hier und ihre beiden zauberhaften Kinder hätten die Wohnung gern für sich. Ich bin ein weiterer Bewerber. Ich würde gern mit meinem Sklaven Andreas hier einziehen!"

Andi blickte Rolf erstaunt an. Okay, dachte er, das ist neu. Aber das könnte gut werden.

Ehe er etwas sagen konnte, herrschte ihn Rolf an. „Keinen Mucks aus deinem Munde, Sklave! Auf alle Viere, los! Ich bin ein wenig fußmüde vom langen Stehen. Andi tat wie ihm geheißen. Er kniete sich auf alle Viere, Rolf setzte sich auf seinen Rücken wie auf eine Bank.

„Aaah", stöhnte Rolf mit gespielter Erleichterung. „Wenn man sitzt, dann geht's. Sagen Sie, gute Frau", wandte er sich nun wieder an die Maklerin, „in welchem Zimmer ließe sich der Käfig für Andreas am besten verankern? Tragende Wände wären gut. Der Käfig braucht recht schwere Dübel, da der liebe Andreas nächtens an den Gitterstäben zu rütteln pflegt, wenn er zur Toilette muss." Rolf gab Andi einen kleinen Tritt mit der Ferse. „Aber das entscheide natürlich ganz allein ich, wann er Wasser lassen geht. Und ob er überhaupt gehen darf. Da fällt mir ein: Hat einer der Räume einen abwaschbaren PVC-Fußboden?"

Während Rolf noch immer auf seinem Rücken saß, sah Andi aus den Augenwinkeln, wie die junge Mutter mit den beiden Kindern durch das Zimmer zur Straße schlich und sich das Lachen verkneifen musste. Rock 'n' Rolf, du Teufelskerl, dachte Andi. Ich weiß genau, wohin das führt.

Die Maklerin hatte noch nicht geantwortet, sie starrte Rolf mit offenem Mund an. Der erhob sich jetzt von Andis Rücken, ging ein paar gravitätische Schritte durch die Wohnung und schwafelte gleich wieder los.

„Zwei Zimmer, sagten sie, ja? Na ja. Das ist eigentlich eines zu wenig. Ich bräuchte eines für den Sklaven und eines für meine beiden Irischen Wolfshunde, Jekyll und Hyde. Exzellent erzogene Tiere, da müssen Sie sich nicht sorgen. Sie schaffen es manchmal nicht ganz aus dem Haus, wenn sie ihr Geschäftchen machen müssen. Aber sie meinen es nie böse. Man darf nicht zu streng mit ihnen sein, es sind ganz sensible Tiere. Wenn einer der Räume einen PVC-Fußboden hätte, dann könnte ich dort zwei Fliegen mit einer Klappe schlagen. Ich könnte dort einfach die Hunde und den Sklaven halten."

Rolf verschwand im Zimmer zur Straße, aus dem die junge Mutter gerade zurückkam. Die Maklerin stand noch immer staunend im Flur und blickte Rolf sprachlos hinterher.

„Ich habe den Bogen vollständig ausgefüllt", sagte die junge Mutter ein wenig flehend. „Die E-Mail-Adressen funktionieren beide, und ich habe Ihnen außer meiner Festnetz- auch noch meine Handynummer aufgeschrieben. Falls ich mal unter beiden Nummern nicht erreichbar bin, sprechen Sie mir bitte unbedingt aufs Band. Ich rufe dann umgehend zurück. Ich bin aber eigentlich immer erreichbar. Ich würde mich wirklich, wirklich freuen, von Ihnen zu hören. Ich hätte diese Wohnung wirklich gern."

Die Maklerin hörte kaum hin. Sie starrte noch immer Rolf nach, dann zu Andi hinab, der nach wie vor auf allen Vieren im Flur kniete und nun leise zu knurren begann. Geistesabwesend nahm sie der jungen Mutter den Zettel ab und legte ihn in den schon gut gefüllten Schuhkarton.

„Herzlichen Dank", sagte die junge Mutter und zwinkerte Andi beim Herausgehen zu. In diesem Moment ertönte Rolfs dröhnende Stimme vom Balkon. „Gute Frau, würden Sie mir hier kurz Gesellschaft leisten? Ich hätte eine dringliche Frage. Denken Sie, dass der Balkon über diesem hier stabil genug ist, um meine Liebesschaukel zu tragen? Ich hänge mich mal probehalber daran. Sklave Andreas, du bleibst, wo du bist. SONST MUSS ICH DICH STRAFEN!"

Eilig lief die Maklerin zu Rolf auf den Balkon. Andi verstand: Jetzt war er an der Reihe.

Er stand auf, schnappte sich den Schuhkarton, nahm sämtliche Bewerbungen heraus, legte die der Mutter und die des Lederfickers zurück und schlich aus der Wohnung. Die Mutter und ihre beiden Kinder warteten im Flur. „Wartet hier", flüsterte Andi ihr zu, „ich muss kurz noch was erledigen."

Er öffnete die Haustür, vor der noch eine stattliche Menge Menschen wartete. Er baute sich in der Tür auf und erhob seine Stimme.

„Darf ich einen Moment um ihre Aufmerksamkeit bitten", rief er den Wartenden zu. „Mein Name ist Andreas Sikorra vom Maklerbüro Sikorra & Sohn. Ich muss Ihnen leider mitteilen, dass die Besichtigung bereits beendet ist. Wir haben so viele Interessenten" – er schwenkte den Stapel Bewerbungen –, „dass unsere IT keine weiteren Bögen bearbeiten kann. Ich bitte vielmals um Verzeihung für die Unannehmlichkeiten. Ich danke Ihnen herzlich für Ihr Interesse und hoffe, Sie bald auf einer anderen Besichtigung wieder begrüßen zu dürfen. Wie Sie sicher wissen, hat das Maklerbüro Sikorra & Sohn eine ganze Reihe interessanter Objekte im Portfolio." In der Menge begann es zu murren. „Frechheit", rief einer. „Sie stehlen uns hier die Zeit", ein anderer. Wüste Flüche murmelnd, löste sich die Schlange auf.

Andi lächelte zufrieden. Die junge Mutter trat aus der Tür.

„Wo sind die denn alle hin?"

„Erkläre ich dir später", sagte Andi. „Jetzt lass uns mal schnell verschwinden, bevor Rock 'n' Rolf und die Maklertante rauskommen."

Sie liefen ein Stück die Straße hinab, bogen um die Ecke, als Andis Handy piepte. Eine SMS von Rolf: „Mission erfolgreich."

Andi lotste Rolf an die Stelle, an der er mit der jungen Mutter und den Kindern wartete. Als Rolf sie erreichte, brachen sie in lautes Gelächter aus.

„Die war echt froh, als sie mich aus der Bude hatte", prustete Rolf und wischte sich eine Lachträne aus dem Augenwinkel. „Meine Bewerbung hat sie gar nicht angeschaut, dabei habe ich so schöne Dinge darauf vermerkt. Zum Beispiel das durchschnittliche Gewicht des Geschäfts eines Irischen Wolfshundes. Aber sie hat mich einfach aus der Wohnung geschoben und war dann ganz irritiert, dass draußen keiner mehr gewartet hat. Dann hat sie ihren Schuhkarton geschnappt, den auch irritiert angeguckt und ist abgedampft. Ich würde mal sagen: Erfolg auf ganzer Linie." Er guckte die junge Mutter an. „Wenn du diese Wohnung nicht bekommst, will ich nicht mehr Rock 'n' Rolf heißen."

Die junge Mutter war gerührt. „Ihr seid echt feine Kerle", sagte sie, und für einen Moment sah es so aus, als stiegen ihr Tränen in die Augen. „Ich heiße übrigens Sandra. Ich mache euch einen Vorschlag. Wir gehen zu mir, ich koche euch was. Ihr wart ja auf der Suche nach Fischbrötchen, also vermutlich hungrig. Wir futtern was, trinken 'ne Flasche Wein oder zwei, und danach gebe ich euch die allerbesten Insider-Tipps, wie ihr eine unvergessliche Nacht auf dem Kiez verlebt." Sie guckte ihre Kinder an.

„Ich bin zwar nicht mehr ganz so firm, was das Ausgehen angeht. Aber für zwei so witzige Quiddjes, wie ihr es seid, stelle ich gern ein Programm zusammen, das sich gewaschen hat."

Kapitel 15 – Der Mörder ist immer der bekannteste Schauspieler

Das Fahrrad, fand Hermann, sah wieder ziemlich gut aus.

Den ganzen Sonntag lang hatte er daran gebastelt: die Räder ausgebaut, die Mäntel abgezogen, die Schläuche aufgepumpt und einen nach dem anderen in einen Eimer Wasser gehalten, um zu schauen, ob er dicht ist.

Der vordere Schlauch war einwandfrei, beim hinteren stiegen unter Wasser kleine Blasen auf, deren Ursprung Hermann mit hinter seiner Brille zusammengekniffenen Augen auszumachen versuchte. Das winzige Leck entdeckt, legte er einen schwieligen Daumen auf das Loch, nahm den Schlauch aus dem Wasser und blickte sich suchend um.

Wo war denn jetzt das verdammte Flickzeug?

Er fand es in einer Plastiktüte im Regal hinter sich, griff dann aber mit der falschen Hand danach, verlor das Loch im Schlauch und musste die gesamte Aufpump- und Wasserkontrollaktion noch mal von vorn starten und schließlich noch ein drittes Mal, als er das Loch erneut losließ, um die Kappe vom Klebstoff abzudrehen.

Insgesamt eine ziemlich zeitaufwendige Sache so eine Fahrradreparatur, dachte Hermann.

Manchmal irgendwie auch gut, dass ich jetzt Rentner bin. Dass ich nix mehr muss. Wenn die Zipperlein nicht wären, die Augen, der Rücken, die Lunge, dann wäre es fast wie damals, als Jugendlicher. Da musste man auch nix, außer ein bisschen zur Schule gehen. Da blieb tüchtig Zeit für Flausen. Was man da alles mit hätte anfangen können mit dieser geschenkten Zeit! Zeit und Kraft von damals mit dem Wissen und der Erfahrung von heute. Das wäre was. Eigentlich ist die Jugend bei den jungen Leuten verschwendet, dachte Hermann und zwang sich, nicht zu lange an Andi zu denken. Und was der, längst kein Jugendlicher mehr, bisher aus seinem Leben gemacht hatte.

Immer irgendwelche Jobs, irgendwelche Frauen, bloß nix Festes, sich nicht binden, schnell abhauen, wenn es kompliziert wurde. So war Andi immer gewesen. Waren die jungen Leute heute nicht alle so? Immer auf gepackten Koffern, immer auf dem Sprung, aber nie wirklich wissend, was das denn für ein Sprung werden sollte. Wann genau man zu diesem Sprung ansetzen müsste. Und wohin er führen würde.

Als Andi irgendwann mal diese Anja mitgebracht hatte, da hatte Hermann zum ersten Mal gedacht: Jetzt hat sich etwas geändert.

Zunächst einmal war Anja anders als die anderen Mädels, die Andi im Laufe der Jahre angeschleppt hatte. Offen und herzlich und offenbar ziemlich klug. Sie schien sich ehrlich und aufrichtig für Andi zu interessieren. Klar, er war noch immer ein Rowdy, ein Tunichtgut, aber in Anjas Gegenwart schien er plötzlich ein anderer Mensch zu sein. Leiser und bedachter, liebevoller. Erwachsener vielleicht. Und jetzt war diese Anja schon eine Weile nicht mehr da gewesen, Andi sprach nicht über das Warum, und das beunruhigte Hermann über alle Maßen. Er sorgte sich, dass es Andi versaut hatte. Sich am Ende doch nicht genügend bemüht hatte, eine so tolle Frau zu halten.

Die jungen Leute haben zu viel Auswahl, dachte Hermann. Zu viel Auswahl von allem. Es ist wie mit Waschmaschinen. Früher kosteten die ein Schweinegeld, hielten eine Ewigkeit, und wenn sie kaputtgingen, kam der Installateur und machte sie wieder ganz. Heute kosten die Dinger ein Drittel, halten zwei Jahre und sind dann so kaputt, dass man sie wegwirft und neue kauft.

So machen es die jungen Leute mit allem: Waschmaschinen, Jobs, Beziehungen. Wenn Else und ich bei jedem Knirschen im Getriebe gleich hingeschmissen hätten, wie es die Jugend heute tut, dann gäbe es keinen Andi. Und keine goldene Hochzeit im nächsten Jahr. Und überhaupt: Dinge, die man erhalten will, die muss man warten und pflegen, dachte Hermann, man muss an ihnen arbeiten. Ein bisschen Öl beitun, wenn sie quietschen, und manchmal ein paar liebe Worte. So wie jetzt bei diesem Fahrrad. So wie bei unserer alten Miele-Waschmaschine. So wie bei meiner lieben Else.

Als die Reifen erfolgreich geflickt und die Räder wieder eingebaut waren, gab er ein paar Tropfen Fett auf die Kette und machte sich daran, das Fahrrad zu putzen. Nachdem Hermann ein paar Mal mit einem seifenschaumschweren Schwamm über den Rahmen gefahren war, trat unter der dicken Staubschicht glänzend schwarzer Lack zutage. Auch die Felgen waren schwarz lackiert, der breite Sattel, auf zwei Federn ruhend, ächzte beim Putzen leise.

Zum Schluss wienerte Hermann die kleine Weltkugel, die wie eine Kühlerfigur bei einem teuren Auto auf dem vorderen Schutzblech thronte. Er klemmte die alte Luftpumpe zurück in die dafür vorgesehene Halterung am Rahmen und füllte die kleine Tasche unter dem Sattel mit Schraubenschlüssel, Kleber und Flickzeug.

Er bastelte so lange an dem Drahtesel herum, dass er die „Tagesschau" und den Anfang des „Tatort" verpasste. Else saß schon auf der Couch, blickte gebannt auf den Fernseher, in dem gerade ein Mord geschehen war.

„Was ist passiert? Hab ich was verpasst? Welches Team? Köln? München? Münster? Hoffentlich nicht Münster. Die nerven", flüsterte Hermann seiner Frau zu. Else entfuhr ein verärgertes „Pssst!". Sie lauschte gebannt, bis im Film ein Mann zu Ende gesprochen hatte, der vermutlich des Mordes verdächtig war. Dann arbeitete sie Hermanns Fragen im Stakkato eines Simultanübersetzers ab, ohne den Blick vom Fernseher zu wenden.

„Blonde Frau tot. Leiche aus dem Rhein gefischt. Stichwunde. Gerade geschieden, hatte einen Neuen. Mann eifersüchtig. Der ist es nicht, wäre zu einfach. Köln."

Hermann versuchte noch ein paar Minuten, in die Handlung des Krimis zu finden. Es gelang ihm nicht so recht, und weil Else alle weiteren Fragen konsequent mit „Psssst!" abtat, griff er zu der seit heute früh auf dem Couchtisch liegenden und noch nicht angefassten „Bild am Sonntag".

Er blätterte den Fernsehteil auf, hoffte, dort eine Zusammenfassung des Geschehens zu finden, und blieb zufällig an einem Foto hängen, auf dem ein Schauspieler mit Dreitagebart böse blickte. Das Foto war überschrieben mit dem Satz: „Warum müssen Sie immer den Mörder spielen, Herr Schmidt?"

Als Hermann den Blick hob, lief der Dreitagebart-Schauspieler gerade mit geröteten Augen durchs Bild, um sich im Beisein der Kommissare an einer dieser 80er-Jahre-Wohnzimmerbars einen großen Schwenker Cognac einzuschenken.

Super, dachte Hermann. Dann brauche ich den Rest ja nun auch nicht mehr anzugucken.

„War bestimmt der Cognacsäufer", sagte er halblaut und möglichst beiläufig.

„Natürlich war er das", erwiderte Else zu Hermanns Überraschung, immer noch wie gefesselt auf den Fernseher starrend. „Das ist der einzige bekannte Schauspieler in dieser Folge. Und wenn es eine goldene ‚Tatort'-Regel gibt, dann diese: Der Mörder ist immer der bekannteste Schauspieler."

Hermann dachte noch ein paar Minuten über Elses Theorie nach. Interessant, dachte er. Deshalb weiß Else also immer schon nach zehn Minuten, wer der Mörder ist. Sie überrascht mich immer wieder. Auch nach all den Jahren noch.

Elses Theorie und der Sportteil der „Bild am Sonntag" beschäftigten Hermann so lange, dass er erst bei den „Tagesthemen" bemerkte, dass sich Andi weder gemeldet noch das Fahrrad abgeholt hatte.

Seltsam, dachte Hermann. Na gut. Der wird schon wissen, der Junge.

Kapitel 16 – Heiliger Vater

In Sandras niedlicher und für drei Menschen definitiv zu kleiner Bude leerten sie, nachdem die junge Mutter die Kinder ins Bett gebracht hatte, in Windeseile zwei Flaschen Wein. Ganz nebenbei zauberte Sandra ihnen mit ein paar Zutaten, die sie im Kühlschrank gefunden hatte, eine fantastische Pasta. Der Verzehr der Pasta und das Leeren der Gläser wurden immer wieder von lautem Gelächter unterbrochen, wenn sie sich an den Lederficker oder das Gesicht der Maklerin erinnerten. Rolf musste noch ein paar Mal den Sklavenhalter geben. Er wurde in dieser Rolle immer besser.

„Im Ernst", sagte Sandra irgendwann zwischen Pasta, Espresso und Nachtisch (Paradies-Creme, die sie aus einer Packung anrührte), „ihr zwei Vögel seid doch in der Provinz verschenkt. Kommt nach Hamburg! Mit der Meister-und-Sklaven-Nummer könnt ihr als Comedy-Duo auf dem Kiez auftreten!"

Andi fühlte sich ein bisschen geschmeichelt.

Tatsächlich hatte er sich noch nie ernsthaft Gedanken darüber gemacht, Bottrop zu verlassen. Warum auch? Er hatte ja alles, was er zum Leben brauchte. Seine Freunde waren dort und seine Alten, und außerdem: Wer würde denn mit seinem Vater montags zum Griechen gehen, wenn er plötzlich nicht mehr da wäre? Am wichtigsten aber war: Er war in Bottrop noch nicht fertig. Dort gab es jemanden, der in sein Leben gehörte, ob sie wollte oder nicht. Jemanden, um den er kämpfen wollte. Weglaufen war keine Option.

Während er noch nach den passenden, nicht allzu pathetischen Worten suchte, brachte es Rolf bereits auf den Punkt:

„Dass du uns das zutraust, ehrt uns sehr, du liebe Hamburger Deern. Aber wir sind Bottroper. Genauer: Wir sind Jungs aus dem Bottroper Stadtteil Boy. Wir sind Bottrop Boys. Das legt man nicht einfach ab wie eine alte Jacke. Das ist wie eine Religion, wie eine Sekte. Oder wie die Mafia." Flüsternd imitierte Rolf die Stimme des Paten: „Bottrop verlässt du nur mit den Füßen voraus."

Sandra fand auch das wahnsinnig komisch. „Na gut", sagte sie schließlich, „dann wollen wir wenigstens dafür sorgen, dass ihr dieses Wochenende nicht vergesst." Sie kramte Stift und Papier hervor und fertigte eine To-do-Liste an. Auf dieser Liste standen acht Punkte.

→ In den Silbersack gehen. Bier bestellen, zehn Euro in die Juke-box werfen und alles von Freddy Quinn wünschen. „Junge, komm bald wieder" zuerst.

→ In Mary's Treff gehen. Mit der Wirtin „Vier gewinnt" um Korn spielen. Verlieren, weil noch nie jemand im „Vier gewinnt" gegen sie gewonnen hat. Schnäpse für alle bezahlen.

→ Bei Johnny's Drugstore auf dem Kiez zwei Knollen Astra kaufen, zur Hafentreppe oberhalb des Golden Pudel gehen. Hinsetzen, Bier trinken, Hafen bei Nacht bestaunen.

→ Beim Dänen auf dem Kiez Hotdog essen. Den großen mit allem. Vergeblich versuchen, sich nicht zu bekleckern.

→ Zum Clochard auf der Reeperbahn gehen, sich im ersten Stock auf den vergitterten Balkon stellen und dort trinken, bis entweder jemand vom Stuhl fällt oder eine Schlägerei beginnt. Dauert maximal 30 Minuten.

→ Im Lucky Star zwei Mexikaner trinken. Sich, wenn möglich, nicht übergeben.

→ In Rosi's Bar tanzen, bis am T-Shirt kein trockener Fetzen mehr ist.

→ Kiez und Große Freiheit einmal komplett ablaufen und sich vor jeder Nacktbar die Sprüche der Koberer anhören. Am Ende entscheiden, welches der schlechteste Spruch war. In genau diese Nacktbar gehen.

Um kurz nach ein Uhr früh verließen sie die kleine Wohnung. „Genau die richtige Zeit, um auf dem Kiez durchzustarten", gab ihnen Sandra mit auf den Weg. „Wenn ihr alle meine Tipps abarbeitet, habt ihr bis morgen Abend zu tun."

Sie umarmten sich zum Abschied. Sandra musste ihnen versprechen, sich sofort zu melden, wenn sie etwas wegen der Bude hörte. Und dann tauchten Andi und Rolf ab in die zeitlose Schönheit des Hamburger Nachtlebens.

In der Jukebox des Silbersack gab es erstaunlich viele Lieder von Freddy Quinn, die man als Hamburger offenbar komplett auswendig können musste. Zumindest grölten in der Kneipe alle Gäste die von ihnen gewählten Songs lauthals mit. Nach dem Besuch bei Mary's Treff mussten sie einen Geldautomaten aufsuchen, so sehr hatte ihnen die Königin des „Vier gewinnt" die Kohle aus der Tasche gezogen.

Der Blick von der Hafentreppe war wirklich atemberaubend, spätestens ab dieser Station verloren sie komplett den Überblick über die Uhrzeit. Sie spielte einfach keine Rolle mehr. Die Hotdogs waren so gut, dass jeder zwei aß und sich dabei komplett mit Soße, Röstzwiebeln und Gurken einsaute. Im Clochard brach die erwartete Schlägerei erst nach einer Stunde aus. In Rosi's Bar tanzte Andi zum ersten Mal seit Jahren. Er hielt sich für keinen besonders guten Tänzer, aber es tanzten ausnahmslos alle Gäste in Rosi's Bar. Außerdem war der Laden so klein und die Musik so gut, dass man sich einfach im Pulk mitbewegte.

Auf der nach unten offenen Sprücheskala unterboten sich die Koberer tatsächlich reihenweise. Am Schluss gewann der Türsteher des Club Paradise.

„Kommt mal rein hier, ihr kleinen Wichsmäuse", quatschte er sie an. „Mit leerem Sack läuft sich's leichter!" Rolf und Andi brachen fast zusammen vor Lachen. Keine zwei Minuten später kletterten sie die schummerige Treppe hinab in den Kellerclub, der auf den ersten, zweiten und auch dritten Blick der schmierigste von allen schmierigen Stripclubs auf dem Kiez war.

Der Koberer, der ein T-Shirt mit dem Aufdruck „Sex Instructor – free lessons given" trug, hatte ihnen noch alle möglichen „Sonderkonditionen" versprochen. Das erste Bier war für lau, dazu hatte er ihnen einen abgegriffenen Plastikchip gegeben, wie man ihn vorn in einen Autoscooter hineinsteckt. „Für den Private Dance", hatte er geheimnisvoll geraunt.

Da saßen sie nun, an der Bar des Club Paradise, betrunken und bestens gelaunt, und bestaunten das unwirkliche Treiben, das sich um sie herum abspielte. Auf der Tanzfläche wand sich eine gelangweilt wirkende Blondine mechanisch um eine Stange. Die übrigen Animierdamen hatten offenbar die Hoffnung auf zahlungskräftige Kundschaft aufgegeben. In einer Ecke saß eine von ihnen und lackierte sich die Fußnägel. Neben ihr schlief eine Kollegin mit dem Kopf auf dem Tisch.

Rolf hatte trotzdem Anschluss gefunden. Er war in ein Gespräch mit dem Mann auf dem Barhocker neben ihm vertieft, Typ Vokuhila-Lude. Die blondierten Haare im Nacken einen Tick zu lang, das violette Hemd einen Tick zu weit geöffnet, nippte er immer wieder genussvoll an einem Pinnchen Nordhäuser Doppelkorn. Krass, dachte Andi. Der scheint das Zeug ernsthaft zu genießen.

Was der Lude zu erzählen hatte, fesselte Rolf offenbar so sehr, dass er die letzte aktive Animierdame, die ihn wie eine Fliege umschwirrte und um seine Aufmerksamkeit buhlte, gar nicht bemerkte. Andi hörte noch ein wenig genauer hin, was der Typ zu erzählen hatte.

Er sei mal die rechte Hand einer legendären Kiezgröße namens Jacques Papst gewesen, erzählte der Mann.

„Sie nannten Jacques den ‚Heiligeen Vateer'. Weegen Papst, versteeht ihr? Das war noch die gutee alte Zeit. Da machtee man Differeenzen mit deen Fäusten aus, nicht wie heutee mit Messeer odeer Schusswaffee, nicht so."

Schlürfend nahm er einen Schluck Korn.

„Jacques war der größtee und stärkstee aller Luden hier auf dem Kiez, war eer wirklich, das sagee ich euch. Eer war so groß, dass eer im Steehen mit deer Faust ein Loch in ein Stoppschild boxen konntee. Mit deer Faust! Das reichtee meist schon, um bösee Buben zu beeindrucken, das reichtee schon. Während Jacques regiertee, hatten fast allee Stoppschildeer auf St. Pauli Löcheer. Fast allee. Einmal hat ein Rockeer hier auf dem Kiez Stunk gemacht. Jacques war so saueer, dass eer deen Typen eerst in die Flucht geprügelt und ihm dann seinee Harleey hinteerheergeworfen hat. Einfach so hinteer ihm heer, das ganzee Moped."

Andi fragte sich, ob alle Luden im Norden wohl so komisch sprachen. Der Lude dehnte seine Wörter mit hanseatischer Gelassenheit, wie einen Kaugummi, den man mit den Fingern durch die Zähne zieht. Es war, als betrachtete er jeden einzelnen Satz nach dem Aussprechen noch einmal, um ihn dann, wenn er ihm gefiel, mit einem weiteren Halbsatz zu bestätigen.

Andi war nicht sicher, ob er dem Luden die Sache mit den Stoppschildern glauben sollte. Andererseits: Es klang schon ziemlich cool, nach Rotlicht und Bandenkrieg, so was gab es in Bottrop nicht. Da gab es nur einen schmierigen Puff, den eine noch recht rüstige ältere Dame führte, die früher auf dem Wochenmarkt Bratwurst verkauft hatte.

Einmal waren Andi und Rolf in dem Laden, der Pension Tilly hieß, abgestürzt. Sie hatten je einen Zehner für Bier und dann noch einen Zwanni dafür bezahlt, dass sie ein bisschen allein im Whirlpool rumsitzen durften. Sie hatten, im Pool sitzend, noch ein Bier bestellt und waren dann wieder nach Hause gegangen. Von Bandenkriegen und Schutzgeldzahlungen hatte Andi in Bottrop noch nie etwas mitbekommen, wenn man mal davon absah, dass sich früher die Hauptschüler der Adolf-Kolping-Schule immer mit denen der Bonifatiusschule zur Massenklopperei im Stadtpark getroffen hatten. Aber das war ja wohl kaum vergleichbar. Und um die Pension Tilly mit der Bratwurstverkäuferin würden sich die Zuhälter wohl kaum schlagen. Andi konnte sich beim besten Willen nicht vorstellen, dass sich das finanziell lohnte.

Er beschloss, die Geschichte des Luden nicht zu hinterfragen. Sie waren ja nur zu Besuch, und ob nun Räuberpistole oder nicht: Der Lude erzählte wirklich gut.

„So wahnsinnig stark Jacques war, so wenig schlau war er. Breit im Kreuz und schmal im Geist, habe ich immer gesagt. Also auch nicht wahnsinnig dumm, das nicht, aber halt nicht so schnell im Denken und Rechnen und so. Aber dafür hatte er ja mich. Ja, dafür hatte er mich", sagte der Mann. „Jacques kümmerte sich um die Vorherrschaft auf dem Kiez, ich mich ums Geschäftliche. Er Kiez, ich Geschäft. Mannomann, was waren wir ein gutes Team damals. Gut waren wir."

Rolf lauschte gebannt. „Und dann? Was ist dann passiert?"

Schlürfendes Schlückchen Korn. Die Miene des Luden verfinsterte sich.

„Dann war das mit dem Unfall."

„Was für ein Unfall?"

Der Lude blickte Rolf an, dann den Barkeeper, der teilnahmslos ein paar Meter entfernt stand und Gläser polierte, wie es Barkeeper in Filmen immer tun. Eine eigentlich unsinnige Beschäftigung, dachte Andi. Die Gläser des Club Paradise würden nie wieder durchsichtig sein. Egal, wie lange der Barmann sie wienerte.

„Erst noch einen Nordhäuser", sagte der Lude und winkte dem Barkeeper mit seinem leeren Glas zu.

„Zehn Euro, cash auf den Tisch", sagte der Barkeeper mechanisch, ohne den Blick in die Richtung des Luden zu wenden.

Der spielte sich jetzt ein bisschen auf. „Du Halsabschneider! Du nimmst es von den Lebenden! Ja, von den Lebenden!"

Den Barkeeper beeindruckte das nicht.

„Wir sind hier nicht an der Tankstelle. Das hier ist ein Club. Korn macht zehn Euro. Was ist dein Problem? Hast du 'nen Igel inner Tasche?"

Der Lude feixte. „Ich hab sogar einen Igel, der auf den Igel aufpasst!" Dann blickte er Rolf erwartungsvoll an.

Der schien den wartenden Blick des Luden erst jetzt zu verstehen: „Ich erzähle die Geschichte, du zahlst den Korn." So lief das hier.

Rolf fischte einen zerknüllten Zehner aus der Tasche und warf ihn vor sich auf den Tresen. Der Barkeeper steckte den Schein in seine Brusttasche, griff eine Flasche aus dem Spiegelregal hinter sich und goss dem Luden ein.

Der nippte kurz, hielt den kleinen Finger dabei abgespreizt, als genösse er ein Schlückchen Tee mit der Queen. Dann erzählte er weiter.

„Jacques hatte einen goldenen Porsche. Den schnellsten vom Kiez, sage ich euch. Den schnellsten! Im Winter 89, als es so kalt war, schweinekalt, sage ich euch, da hat er die Kiste hinter dem Elbtunnel in die Leitplanke gestanzt. Mit 200 Sachen, dreimal gedreht, dann volle Kanne reingestanzt. War fast nix mehr übrig von der Kiste. Nur ein Haufen goldenes Blech. Sah aus wie der verdammte WM-Pokal, war auch nicht viel größer, nicht viel. Der Sani, der zuerst zum Unfallort kam, war völlig fertig. ‚Auweia', rief der, ‚der is kaputt!' Der meinte nicht die Karre, der meinte Jacques. Aber Jacques war noch bei Bewusstsein, der bekam das alles mit, irgendwo da drin eingeklemmt in seinem verdammten WM-Pokal-Porsche-Knäuel. Jacques brüllte: ‚Wer is hier kaputt?' Da hat sich der Sani aber tüchtig erschreckt, das sage ich euch."

Schlückchen Korn, schlürfend.

„Im Spital haben sie Jacques erst mal das Licht ausgeknipst. Künstliches Koma. Jeder einzelne Knochen war gebrochen in seinem Leib, jeder einzelne. Manche sogar zweimal. Und als sie nach drei Wochen das Licht wieder angeknipst haben, da machte Jacques die Augen auf und sagte: ‚Wo is mein Porsche?' Das hat er gesagt, ich schwöre."

Schlückchen Korn.

„In den zwei Wochen danach haben sie Jacques jeden Tag Brei zu essen gegeben. Jeden Tag. Die Arme waren ja kaputt, viele Zähne waren auch nicht über. Morgens Brei, mittags Brei, abends Brei. Nach zwei Wochen hatte Jacques die Schnauze voll, so richtig voll. Er schrie die Krankenschwester an: ‚Wat is mal mit Kotelett?' Und weil die nur glotzte und keine Antwort wusste, ist Jacques raus aus dem Bett, rein in seine Cowboystiefel, raus dem Spital, nur im OP-Hemd und mit nacktem Arsch, rein in ein Taxi und sagte: ‚Kiez.' Der Fahrer guckte erst komisch, Jacques hatte nämlich auch noch so einen Turban aus Verband auf dem Kopf, und fuhr dann trotzdem los. Ich meine, das ist ein Hamburger Taxifahrer. Die sehen viel Scheiße jeden Tag. Jeden Tag, das sag ich euch. Der fuhr Jacques also auf den Kiez, zum Silbersack. Jacques raus aus dem Taxi, rein in den Sack, mit seinem Kittel und dem nackten Arsch, ‚Tach Erna', begrüßte er die Wirtin, ‚einmal wie immer', und setzte sich auf einen Hocker an der Bar. Erna machte ihm einen Korn, wie immer halt, stellte ihn hin, Jacques trank das Ding auf ex, knallte das Glas auf den Tresen, machte einmal ‚Aaaaaah', sagte: ‚Danke schön', und fiel rückwärts vom Hocker. Tot. Hirnblutung vermutlich. Man weiß es nicht. Ich weiß es jedenfalls nicht."

Der Lude schlürfte genüsslich den letzten Rest aus seinem Schnapsglas.

„Seitdem, meine Freunde", sagte er und blickte die Besucher aus Bottrop verschwörerisch an, „seitdem genieße ich jeden Korn, als wäre es mein letzter. Man kann ja nie wissen. Kann man nie!"

Andi bemerkte, dass er den Luden mit offenem Mund anstarrte. Er atmete tief ein und aus, das hatte er wohl ein Weilchen lang vergessen. Sein Mund war ganz trocken, so sehr hatte ihn die Geschichte fasziniert. Aus den Augenwinkeln sah er, wie sich Rolf langsam zum Tresen drehte. „Mach mal noch drei Korn!", hauchte sein Freund dem Barkeeper zu. Rolf schluckte schwer. Andi dachte: Das ist veerdammt beweegend, was deer da eerzählt.

Als sie mehrere Stunden und ziemlich viel Korn später aus dem Club zurück auf die Reeperbahn stolperten, dämmerte es schon wieder. Leck mich fett, dachte Andi. Wir sind die ersten Menschen, die Hunderte Euro in einem Puff lassen und dafür nicht eine einzige Frau angefasst haben. Egal, hat sich gelohnt. Der Lude hatte noch ein paar Geschichten auf Lager gehabt, von Kiez und Reichtum und Armut und Tod. Die Geschichten hatten jede Menge Korn gekostet, dafür gingen sie unter die Haut. Geschichtenerzähler am Pufftresen, das schien Andi eine ganz gute Geschäftsidee zu sein.

Er spürte ein tiefes Gefühl von Zufriedenheit, ein Gefühl von Am-Leben-Sein. Sandras Liste war der Wahnsinn gewesen. Der Lude konnte wirklich gut erzählen, und zwischen seinen Sprüchen schwang immer eine gewisse Melancholie mit, eine Ahnung von Endlichkeit und dass man sein Leben genießen sollte, solange es ging. Ich muss das alles unbedingt Anja erzählen, dachte Andi und warf einen schnellen Blick auf sein Handy. Sie hatte nicht angerufen, natürlich nicht, warum auch? Ich muss ihr das erzählen, dachte Andi, und ich muss ihr sagen, dass sie mein Mädchen ist.

Ob all diese kruden Storys von Oberluden, die mit Harleys warfen, wirklich stimmten, war Andi in diesem Moment vollkommen egal. Er war glücklich, und das zum ersten Mal seit sehr langer Zeit. Er war einfach mal spontan nach Hamburg gefahren, in eine Stadt, von der er und seine Eltern seit Jahren nur geschwärmt hatten. Sein bester Freund war bei ihm. Wenn Sandra die Wohnung wirklich bekam, woran sie nicht zweifelten, dann hatten sie obendrein noch eine gute Tat vollbracht. Hamburg war ein gutes Pflaster, um seinen Geist mal wieder klarzukriegen, um aus der Entfernung zu sehen, was wirklich wichtig war im Leben: dass man wusste, wohin man gehört. Und zu wem. Dass man sich um die Menschen bemühte, die einem wichtig waren.

Er hielt sein Handy noch immer in der Hand, drehte es nachdenklich hin und her. Er musste Anja von dieser Aktion erzählen. Jetzt und sofort.

Er wählte ihre Nummer. Es klingelte zweimal, dann sprang Anjas Mailbox an. Andi kannte diese Mailbox nur zu gut, er hatte sie mehr als einmal bis ans Limit vollgequatscht. Die Ansage war neu.

„Hi, hier ist Anja. Ich bin im Moment nicht erreichbar. Bitte hinterlasst mir eine Nachricht nach dem Pieps, und ich rufe zurück." Kurze Pause. „Außer du bist es, Andi Sikorra. Dann hinterlasse keine Nachricht. Ich rufe dich nicht zurück. Egal, wie oft du quengelst. Fahr zur Hölle!"

Okay, dachte Andi. Sie ist offenbar immer noch sauer.

Er quatschte ihr trotzdem auf das Band, die ganze Geschichte von Anfang an. Die Sozialstunden, der Ärger, die Enten, der spontane Trip nach Hamburg, die Wohnungsbesichtigung, Sandra, die Liste, die Nacht auf dem Kiez, der Lude, schließlich und endlich: dass er jetzt klarsehe. Dass er sicher sei, dass etwas passiere in seinem Leben, etwas Gutes, und dass er sie bei dieser Entwicklung gern dabei hätte. Dass er sich wieder melden würde, ganz egal, ob sie ihn sprechen wolle oder nicht, dann müsse sie ihn halt hören, denn eines sei ja wohl mal klar: Sie sei sein Mädchen, da beiße die Maus keinen Faden ab. Dann legte er auf und atmete einmal tief durch.

Er guckte seinen Freund an und sah, dass auch Rolf sehr mit sich und der Welt zufrieden war. Rolf blickte zurück, nickte still, und Andi verstand: Besser wird's heute nicht mehr.

Es war Zeit, Hamburg zu verlassen. Zeit, nach Hause zu fahren.

Andi hielt ein Taxi an. „Einmal Hauptbahnhof!"

Am Ende der Reeperbahn mussten sie an einem Stoppschild halten. Andi bemerkte, dass darin ein faustgroßes Loch klaffte. Schau an, dachte Andi. In den meisten Räuberpistolen steckt tatsächlich ein Fünkchen Wahrheit.

Am Bahnhof kauften sie jeder noch ein Sixpack Bier. „Das zischen wir gemütlich im Zug", frohlockte Rolf, „und dann sinken wir daheim in unsere Federn."

Andi schreckte auf. „Rolf! Federn!"

Eilig liefen sie hinüber zu der billigen Absteige, in die sie am Abend zuvor eingecheckt und die sie danach völlig vergessen hatten. Zu ihrem Glück war die Rezeption nicht besetzt. Sie stiegen die Treppen hinauf in den ersten Stock, öffneten die Zimmertür, zogen sie leise hinter sich zu. Vorsichtig schob Rolf die Badezimmertür auf und steckte den Kopf hinein. Drinnen war es still.

„Ach du Scheiße", hörte Andi die dumpfe Stimme seines Kumpels, ehe Rolf die Tür ganz aufstieß.

Die Enten waren noch da. Eine saß auf dem Badewannenrand, die andere auf dem Toilettenkasten. Beide glotzten. Das gesamte Bad, vielleicht vier Quadratmeter groß, war mit Entenscheiße überzogen.

Geschwind schnappten sich Rolf und Andi die Tiere, setzten sie behutsam zurück in den Karton. Die Enten machten keinen Mucks, offenbar hatte sie das stundenlange Ausscheiden müde gemacht. Leise schlichen Rolf und Andi samt Enten die Treppen hinab, vorbei an der noch immer verwaisten Rezeption, unbemerkt hinaus auf die Straße. Zehn Minuten später saßen sie im Zug nach Süden.

Es war schon fast Mitternacht, als sie Bottrop erreichten. Vom Bahnhof spazierten sie zu den Stadtteichen, wo sie den Enten die

Freiheit schenkten. Rolf hielt eine kurze, feierliche Rede, in der es um das oft viel zu kurze Leben von Mensch und Federvieh ging, um gute Taten, den Zauber spontaner Entscheidungen und den Wert wahrer Freundschaft. Andi und Rolf umarmten sich zum Abschied fest.

„Sollte man viel häufiger machen so spontane Trips", sagte Rolf.

„Ja, sollte man. Denn man weiß nie, wann es vorbei ist", stimmte Andi seinem Freund zu. In seiner Stimme klang ein wenig Pathos mit.

Es war kurz nach ein Uhr früh, als Andi zufrieden und erschöpft in sein Bett sank. Er schlief sofort ein.

Kapitel 17 – Der Hauch des Todes

Gegenüber von Andis Wohnung, auf der anderen Straßenseite, hatte ein umtriebiger Bursche aus der Nachbarschaft vor einem Jahr ein gutes Geschäft gemacht.

Dort stand eine Lagerhalle, ein 80 Meter langes Ungetüm aus Stahlträgern und Wellblech, in dem bis vor ein paar Jahren Schrottautos zerlegt worden waren. Der Schrotthändler ging pleite, die Halle stand eine Weile lang leer, bis der Geschäftsmann aus der Nachbarschaft sie pachtete und für zwei Arten von Veranstaltungen vermietete: für türkische Hochzeiten und für Cage-Fighting-Turniere. In der Regel endeten beide Arten von Veranstaltungen gleich: mit einem Polizeieinsatz.

Meist war es schon früh am Morgen, wenn den Hochzeitsgästen oder den Kampfsportfans die Sicherungen durchbrannten. Der Ablauf war immer der gleiche: Erst gab es wildes Geschrei, dann lautstarkes Scheppern, wenn Gläser, Stühle und Tische von innen gegen das Wellblech donnerten. Dann Tatütata aus vier Himmelsrichtungen, wenn die Schmiere mit allen verfügbaren Kräften anrückte, um die Streithähne zu trennen. Das dauerte immer eine ganze Weile, viel zu lang jedenfalls, um einfach weiterzuschlafen, wie es Andi während der ersten Ausschreitungen noch versucht hatte. Die Decke über den Kopf zu ziehen nutzte nicht viel, wenn Polizeisirenen, das Heulen der Verletzten und die wüsten Flüche der Verhafteten sich zu einem Klangteppich verwebten.

Nach dem siebten oder achten Zwischenfall dieser Art hatte sich Andi dem Schicksal ergeben. Er stand auf, kochte Kaffee, nahm ein Kissen von der Couch, öffnete das Fenster und machte es sich, auf das Fensterbrett gelehnt, bequem. Von seiner Wohnung im zweiten Stock aus ließ sich die Action ganz wunderbar beobachten.

Manchmal schloss er Wetten mit sich selbst ab, wo auf der Bühne unter seinem Fenster der nächste Konflikt entflammen würde.

Die Stunden, die er im Morgengrauen an seinem Schlafzimmerfenster verbrachte, erinnerten ihn an die Karl-May-Spiele in Bad Segeberg, die er als Kind nach dem Hamburg-Trip mit seinen Eltern besucht hatte. Dort war es auch vorgekommen, dass am oberen Rand der Naturbühne Winnetou und sein Blutsbruder Old Shatterhand salbungsvoll über den wiederhergestellten Frieden im Wilden Westen schwadronierten, während die gerade erst eingelochten Bösewichte schon wieder aus dem Knast am unteren Rand der Bühne ausbrachen. Winnetou sah das nicht, die Zuschauer sehr wohl. So ähnlich ging es auch bei den Polizeieinsätzen auf der anderen Straßenseite zu. Nur ohne Pferde.

Für vergangenen Samstag war in der Lagerhalle mal wieder ein Käfigkampfturnier angesetzt gewesen, Andi hatte die martialischen Plakate gesehen, die der Veranstalter an sämtliche Laternen der Straße gehängt hatte („Keine Handschuhe! Keine Regeln! Keine Gnade!"). Umso verwunderter war er, als er am Morgen von lautstarken Kommandos der Schausteller geweckt wurde, die offensichtlich dabei waren, den eigens für die Kampfnacht errichteten Boxring sowie die Tribünen abzubauen.

Sonnenlicht fiel durch die nur halb geschlossenen Vorhänge ins Zimmer. Es war von einer Intensität, die verriet, dass die Sonne nicht gerade erst aufgegangen war. Nanu, dachte Andi, keine Randale heute? Und wieso bauen die den ganzen Krempel am Sonntagmorgen schon wieder ab? Eigentlich machen die das doch immer erst abends.

Und dann dämmerte es ihm.

Andi sprang auf, lief hektisch in die Küche. Er blickte auf die kleine Digitaluhr an seiner Mikrowelle: 10.04 Uhr. Bitte nicht, dachte Andi. Bitte, bitte nicht! Er lief zurück ins Schlafzimmer, kramte sein Handy aus der Jeans hervor, die er in der Nacht achtlos auf den Sessel neben seinem Bett geschmissen hatte. Das Display zeigte: einen verpassten Anruf. Von seinem Vater. Keinen von Anja. Und es zeigte die Uhrzeit: 10.05 Uhr. Darunter, kleiner: Montag, 14. Oktober.

Montag.

M.O.N.T.A.G.

Montagmontagmontag.

Einen Augenblick lang fürchtete Andi, er würde bewusstlos. Ein bitterer Geschmack schoss ihm in die Mundhöhle, ihm wurde erst heiß, dann kalt, dann traten kleine Schweißperlen auf seine Oberlippe.

Dieser verfickte Hamburg-Trip.

Hatte sein gesamtes Raum-Zeit-Kontinuum aus der Verankerung gerissen. Freitag hatte er gearbeitet. Abends dann zum Griechen, mit Rolf. Und dann irgendwann ins Bett. Ein ganz normales Wochenende. Wären da nicht der Markt, der Holländer, die Enten, der Zug, die billige Absteige, Sandra, der Lederficker, die Liste, der Club Paradise, deer Ludee, ziemlich viel Korn und Bier sowie ziemlich wenig Schlaf dazwischengekommen.

Verdammte, verfluchte Scheiße.

Er war am Arsch.

So richtig am Arsch.

Dienstbeginn im Möbellager war um neun Uhr. Herrbusch legte

Wert auf Pünktlichkeit. Bei Andi, den er auf dem Kieker hatte, sowieso. Aber auch die anderen bekamen die harte Hand des Eunuchen zu spüren, wenn sie es wagten, sich ein paar Minuten zu verspäten. Der Russe war vor ein paar Tagen mal erst um 9.15 Uhr zum Dienst erschienen. Zur Strafe musste er nach Dienstschluss ganz allein die gesamte Möbelhalle umdekorieren, Küchen, Schlaf- und Wohnzimmer mit verschiedenen Möbeln neu arrangieren, als machte er Inventur in einem verdammten Ikea. Es war das erste Mal gewesen, dass die Kollegen den Russen leise fluchen hörten.

Andi sprang in seine nach Pommesbude, Zugfahrt und Bumslokal müffelnde Jeans, warf sich T-Shirt und Jacke über und war schon auf der Straße, als er feststellte, dass er auch das Fahrrad seines Vaters nicht abgeholt hatte. Scheiße. Also strampelte er die fünf Kilometer zum Möbellager auf seinem verbeulten Drahtesel mit der Acht im Hinterrad. Während das Rad bei jeder Umdrehung am Schutzblech schleifte, überlegte er angestrengt, was er gegenüber Herrbusch zu seiner Entlastung vorbringen konnte.

„Sorry, ich habe das ganze Wochenende durchgesoffen. Ich hasse Sie und diesen Job so sehr, und weil ich Ihnen nicht die Fresse polieren darf, musste ich den aufgestauten Frust irgendwie anders rauslassen. Es ist ein bisschen eskaliert. Ich bin nach Hamburg gefahren und habe viel über das Leben gelernt. Ich habe meine Ex angerufen und ihr gesagt, dass ich sie liebe. Und ich habe zwei Enten vor dem sicheren Tod bewahrt."

Ehrlich, aber vermutlich nicht sehr effektiv.

„Sorry, ich wurde entführt." Nicht gut.

„Von Außerirdischen." Noch schlechter.

„Sorry, meine Mutter ist gestorben."

Andi sah das liebevolle und zugleich von Sorgen um ihren missratenen Sohn gegerbte Gesicht seiner Mutter vor seinem geistigen Auge erscheinen. „Andreas Sikorra", sprach das Gesicht, „ich kann nur inständig hoffen, dass das nicht dein Ernst ist."

Okay, das ging also auch nicht. Vielleicht, ganz vielleicht hatte er ja Glück. Warum sollte er nicht auch mal Glück haben? Vielleicht war Herrbusch, der penible, pünktliche, strenge Herrbusch, ja heute selbst zu spät zur Arbeit erschienen. Es wäre das erste Mal, seit Andi im Möbellager Sozialstunden machte. Es wäre vermutlich auch das erste Mal in Herrbuschs Leben. Vielleicht war er ja krank. Vom Auto überfahren worden. Oder entführt, von Außerirdischen. Die Hoffnung stirbt bekanntlich zuletzt.

In Andis Falle starb sie, als er auf den Hof des Möbellagers einbog, nass geschwitzt und so sehr außer Atem, dass er keine Ausrede hätte vorbringen können, selbst wenn ihm eine eingefallen wäre.

Die Lastwagen waren längst losgefahren, der Parkplatz vor der Möbelhalle war leer. Das Tor zur Halle stand weit offen. Andi sah, dass Herrbusch darin gerade eine Familie durch die vom Russen überaus seltsam arrangierte Möbelausstellung führte.

Am Anfang der Halle hatte sich der Russe noch Mühe gegeben. Eine Glasvitrine war mit einem Fliesentisch und einer Sitzgarnitur 3-2-1 kombiniert, in die Vitrine hatte der Russe ein paar Bücher geräumt, auf dem Tisch stand eine schäbige Vase. Hinter das Arrangement hatte er ein durchgelegenes Doppelbett geschoben, es mit Nachttischen und verspiegelten Kleiderschränken kombiniert, in die er sogar Kleiderbügel gehängt hatte. Weiter hinten hatten ihn dann offenbar Lust und Kraft verlassen. Dort standen Betten in langen Reihen, auf ihnen lagen gestapelte Stühle, und von den kleinen Wohnaccessoires, auf die Herrbusch so viel Wert legte, war gar nichts mehr zu sehen. Andi war klar, dass sie der Russe in

den herumstehenden Schränken und in leeren Schubladen hatte
verschwinden lassen, um schneller fertig zu werden.

Herrbuschs Stimme klang dann auch ein bisschen irritiert, als er
mit den Kunden den ungeordneten Teil der Halle erreichte. Die
Familie hatte ein kleines Mädchen dabei, blond gelockt und etwa
sechs Jahre alt, das zunächst gelangweilt mit seinen Eltern durch
die ausgestellten Möbel lief, irgendwann das Interesse an Herrbuschs monotonem Gewäsch verlor und die Hand seiner Mutter
losließ, um auf eigene Faust die Sperrmüllmöbelwelt zu erkunden.
Herrbusch pries gerade die Vorzüge einer unsagbar hässlichen
Schrankwand aus dem Gelsenkirchener Barock an, als das Kind
ein paar Meter entfernt eine Schranktür öffnete – und plötzlich
panisch zu schreien begann.

„MAAAAAAAAAMMMIIIIIIII!"

Das Kreischen der Kleinen ging Andi noch am fernen Ende der
Halle durch Mark und Bein. Herrbusch und die Eltern fuhren
herum, die Mutter der Kleinen stürmte über ein im Weg stehen-
des Bett hinweg zu ihrer schreienden Tochter, die sich überhaupt
nicht mehr beruhigen ließ.

„MAMI! MAMI! MAMI! MAMI!", keuchte das aufgelöste Kind. Andi
fürchtete, die Kleine würde hyperventilieren.

„MAMI! MAMI! DA IST EIN MONSTER IM SCHRAAAAANK!"

Die Mutter nahm das Mädchen auf den Arm und öffnete die
Schranktüren, durch die ihre Tochter gerade gelinst hatte. Im
Schrank stand ein ungewöhnlich großes ausgestopftes Wild-
schwein. Andi kam es sehr bekannt vor. Er hatte das gute Stück
vor ein paar Tagen aus der Wohnung eines verstorbenen Jägers
geschleppt. Es war im Wortsinne sauschwer, und auch wenn der
Sohn des Jägers dem unter der Last des Keilers keuchenden Andi

immer wieder versicherte, dass dieses Schwein das größte jemals in Bottroper Wäldern erlegte Exemplar sei und er es bitte nur in treue Hände abgeben solle, diskutierten Andi und Föhnwelle auf der Müllkippe ein Weilchen darüber, ob man das Vieh nicht einfach in die Müllpresse werfen sollte, wo auch die übrigen Möbel des Jägers landeten.

Sie entschieden sich schließlich dagegen. Der Sohn des Jägers hatte angekündigt, später noch im Möbellager vorbeischauen und sich eine Spendenquittung abholen zu wollen, weil man eine so großherzige Spende doch sicherlich steuerlich irgendwie geltend machen könne.

Andi wusste nicht, ob man das konnte. Er wusste aber sehr wohl, dass sich der Jäger nach dem Verbleib des Wildschweins erkundigen und vermutlich einen Riesenaufstand machen würde, wenn das Monstrum statt in einem jagdaffinen Wohnzimmer in der Müllverbrennung gelandet wäre.

Also hinderte er Föhnwelle daran, das Vieh zu entsorgen, obwohl der es schon an den Haxen aus dem Lieferwagen gezerrt hatte. Föhnwelle schob es zurück auf die Ladefläche, das Schwein blickte unsagbar hässlich drein, und später am Tag deponierte es der zur Strafarbeit verdonnerte Russe dann offenbar am schönsten Platz, den sich auch Andi für so ein ausgestopftes Ungetüm vorstellen konnte: im dunklen Inneren eines Kleiderschranks. Hatte ja niemand ahnen können, dass es dort kleine Kinder erschrecken würde.

„Das tut mir furchtbar leid", stammelte Herrbusch gegen das noch immer ziemlich laute Schluchzen des Mädchens an. „Da hat einer unser Mitarbeiter offenbar Mist gebaut. So etwas darf nicht passieren. Ich kann Sie nur in aller Form um Entschuldigung bitten. Darüber werde ich mit dem betreffenden Mitarbeiter noch mal sprechen müssen."

Andi hörte, dass Herrbuschs Stimme vor unterdrücktem Zorn bebte. Herrbusch versuchte zu säuseln, klang aber wie jemand, dem jeden Moment das Sperrventil zu platzen droht.

„Kann ich ... das kleine Missgeschick vielleicht mit einem Bonbon wiedergutmachen?"

Konnte er nicht. Ohne ein weiteres Wort stürmten die Eltern mit ihrem wimmernden Kind aus der Halle, vorbei an Andi, den Herrbusch in diesem Moment zum ersten Mal wahrnahm. Auweia, dachte Andi, als er Herrbuschs Gesicht erblickte. Wer hätte gedacht, dass ein so beschissener Morgen noch beschissener werden kann?

Es schien, als hellte sich Herrbuschs Miene bei Andis Anblick für einen Augenblick auf, als wiche der Zorn auf den Russen aus seinen Zügen, um einer anderen Gemütsregung Platz zu machen.

Wo gerade noch Wut war, zog nun Bösartigkeit in Herrbuschs hageres Gesicht. Diebische Vorfreude darauf, dass er gleich jemanden büßen lassen konnte für die Unbill, die ihm widerfahren war.

Andi glaubte auch, Schadenfreude und sadistische Lust in Herrbuschs Mimik deuten zu können. Er erinnerte sich daran, diese mimische Mischung schon einmal gesehen zu haben. Er war etwa zehn Jahre alt gewesen, als ein größerer Junge aus der Nachbarschaft einen Frosch gefangen hatte. Mit einem Strohhalm im Mund hatte der Junge die letzten Minuten im Leben des Froschs genossen, eher er ihm den Strohhalm rektal eingeführt und so lange gepustet hatte, bis der Frosch geplatzt war.

Herrbusch war jetzt dieser Junge mit dem Strohhalm. Andi war der Frosch.

In einem Cartoon, dachte Andi, würden Herrbusch jetzt kleine Teufelshörner wachsen. Und ein Pferdefuß. Und ein Dreizack.

Betont langsam durchschritt Herrbusch die Möbelhalle, schlendernd fast kam er auf Andi zu und rieb sich dabei die Hände. Er versuchte, seine Worte betont lässig und beiläufig klingen zu lassen, doch seine kieksende Stimme überschlug sich vor Vorfreude auf das, was nun kommen sollte.

„Sieh an, der Herr Sikorra", quietschte Herrbusch. „Das ist aber eine große Ehre, dass Sie es heute einrichten konnten!"

Einen halben Schritt vor Andi blieb er stehen. Herrbuschs Gesicht kam seinem nun so nah, dass Andi den fauligen Atem seines Chefs roch, eine ungesunde Mischung aus Zigaretten, Kaffee und einem vermutlich noch unentdeckten Magengeschwür.

Herrbusch holte tief Luft.

„Nun gut, Sikorra. Ich will gar nicht wissen, warum du zu spät zur Arbeit erschienen bist. Ich will nicht wissen, unter welchem Stein du heute früh hervorgekrochen bist, aus welcher Gosse du geklettert bist, bei welcher Schlampe du dir einen harten Schanker eingefangen hast. Das ist mir alles vollkommen gleichgültig. Wichtig ist jetzt nur, Sikorra ..."

Herrbusch machte eine dramatische Pause. Andi nutzte die Gelegenheit, um schnell flach einzuatmen, ehe der Hauch des Todes erneut in sein Gesicht wehte.

„... wichtig ist nur, dass ich dich jetzt in der Hand habe. Du bist mir ausgeliefert. Dein Schicksal liegt in meinen Händen. Ich könnte dich zerquetschen wie einen Wurm. Ich könnte dich auffressen und ausscheißen. Verdient hättest du es allemal, du widerliches

Stück Prekariat. Ich müsste nur in mein Büro gehen, den Hörer abnehmen und Richter Spielkamp anrufen."

Dramatische Pause.

Gott im Himmel, dachte Andi, schlimmer als dieser Mundgeruch kann es im Knast auch nicht sein. Trotzdem will ich da nicht hin. Verdammte Scheiße. Mein erster Fehler. Ich bin doch auch nur ein Mensch. Aber ich werde nicht betteln. Den Gefallen tue ich diesem stinkenden Wichser nicht.

Herrbusch lächelte böse.

„Weißt du was, Sikorra", sagte er und wandte sich ab. Andi atmete tief durch. „Ich habe jetzt fast zwei Stunden Zeit gehabt, mir eine Strafe für dich auszudenken. Hier ist die gute Nachricht: Ich werde den Richter nicht anrufen."

Andi zuckte zusammen. „Wie bitte?"

„Du hast mich schon richtig verstanden. Ich werde Richter Spielkamp nicht anrufen. Und weißt du auch warum? Weil es zu einfach wäre. Anruf, Polizei, Knast. Weg bist du, und zwar für eine Weile, nehme ich an. Was hätte ich davon? Ich habe so viel Spaß daran, dich zu demütigen. Dich schnaufen und schwitzen zu sehen und dich dann noch zu zwingen, dich bei mir zu bedanken für die tolle Arbeit, die du für mich erledigen darfst."

Andi spürte, wie ihm der Hass den Rücken hinaufkroch. „Was wollen Sie?"

Herrbusch blickte sich im Möbellager um, als wollte er sichergehen, dass sie auch wirklich allein waren. „Das werde ich dir sagen, Sikorra. Du wirst weiter mein Arbeitssklave sein, und zwar bis deine Sozialstunden samt und sonders abgeschuftet sind. Die von letzter Woche zähle ich einfach mal nicht mit. Das war nur zum Warmwerden. Das ist dir doch sicherlich recht?"

Andi sagte nichts. Er presste den Kiefer so fest zusammen, dass es schmerzte.

„Aber das ist nicht alles", fuhr Herrbusch fort. „Außerdem wirst du mir ... lass mich mal überlegen ... sagen wir ... 20.000 Euro geben."

Andi glaubte, er habe sich verhört. „Wie bitte?"

„Du hast mich schon verstanden, Sikorra. 20.000. Das ist viel Geld, aber nicht so viel, dass es ein Krimineller wie du es nicht auftreiben könnte. Ich kann es gebrauchen. Das Gehalt, das ich für die Arbeit mit Subjekten wie dir bekomme, ist ja eher ein kleines Schmerzensgeld. 20.000 sind genau so viel, dass es nicht auffällt, wenn ich mir ein paar Annehmlichkeiten gönne."

Andis Stimme zitterte vor Wut. „Und wo, werter Herr Busch, soll ich dieses Geld hernehmen?"

Herrbusch lachte ein grelles Lachen.

„Das ist mir doch egal! Ich sage ja: 20.000 ist viel, aber nicht zu viel, als dass es nicht aufzutreiben wäre. Streng dein Hundehirn mal ein bisschen an! Lass dir was einfallen! Klau deiner Mutter das Sparbuch! Leih dir Geld von einem anderen Verbrecher! Verkauf eine Niere, oder klau ein Auto! Mir alles egal. Aber um das Spiel ein bisschen spannender zu machen ..."

Herrbusch gönnte sich erneut eine dramatische Pause, in der sein Gesicht wieder bis auf ein paar Zentimeter an Andis heranrückte. Andi hielt den Atem an.

„... um es spannender zu machen, wirst du mir das Geld morgen Abend Punkt 19 Uhr übergeben."

Herrbusch lächelte.

„Und da ich ein großherziger Mensch bin, musst du heute nicht arbeiten. Und morgen auch nicht. Du hast ja Wichtigeres zu tun."

Kapitel 18 – Ententeich

Als sich Andi auch Montagfrüh vor Dienstbeginn nicht blicken ließ, nahm Hermann das schnurlose Telefon aus der Station im Flur und wählte die eingespeicherte Nummer seines Sohnes. Er ließ 20 Mal klingeln, doch Andi nahm nicht ab.

Hermann blickte aus dem Küchenfenster. Die Sonne schien warm durch die Spitzengardinen. Er hörte Elses Stimme im Flur.

„Ich gehe mal kurz in die Stadt. Will ein bisschen bummeln. Und gucken, ob die Rente schon auf dem Konto ist." Ehe Hermann etwas erwidern konnte, fiel die Wohnungstür ins Schloss.

Och, dachte er. Wenn hier alle machen, was sie wollen, dann mache ich das jetzt auch.

Er öffnete die unterste Schublade der Kommode im Flur und kramte darin. Allerlei Schals, Mützen und Handschuhe, die immer länger nicht getragen worden waren, je tiefer er grub. Eine grüne Wolldecke, in die etwas Metallisches gewickelt war. Hermann lugte hinein: Ach ja, sein altes Luftgewehr. Mit dem hatte er früher immer auf die Tauben vom alten Sawatzki geschossen, wenn die es sich bei ihren Ausflügen auf der Wäscheleine im Hof bequem gemacht und Elses Wäsche vollgeschissen hatten. Der alte Sawatzki, dachte Hermann. Auch schon zehn Jahre tot. So lange habe ich das Luftgewehr also schon nicht mehr in der Hand gehabt.

Unter der Decke fand er schließlich die Pappschachtel, die er suchte. Er nahm zwei etwas angelaufene Fahrradklammern heraus, klemmte damit die Beine seiner weiten Cordhose fest um seine Waden herum und lief hinunter in den Hof, um kurz darauf in leichten Schlangenlinien, aber zügig aus der Einfahrt auf die Straße zu strampeln.

Hermann hatte keine Ahnung, wohin ihn sein kleiner Ausflug führen sollte. Er fuhr einfach ein bisschen umher, die Straße hinab und hinein in die Kleingartenanlage „In der Boy", von dort an der Trasse der stillgelegten Zechenbahn entlang bis zu den Stadtteichen. Je länger er fuhr, desto mehr Spaß machte es ihm. Unglaublich, dass ich so lange nicht auf dem Fahrrad gesessen habe, dachte Hermann, und der kühle Herbstwind strich ihm um sein Gesicht. Das macht ja richtig Laune!

An den Stadtteichen gab es eine kleine Holzbrücke, dort hielt er an. Genau hier hatten sich Else und er zum ersten Mal geküsst, da waren beide kaum 20 Jahre alt gewesen. Hermann erinnerte sich noch genau: Er hatte sich vorher extra von seiner Mutter die Haare schneiden und mit Zuckerwasser streng zum Scheitel kämmen lassen. „Du sollst bei der jungen Dame ja Eindruck machen", hatte ihm seine Mutter zwinkernd mit auf den Weg gegeben, und dann war Hermann mit seinem Fahrrad – mit genau diesem Fahrrad, auf dem er jetzt saß – an den Teich gefahren, wo Else schon auf ihn gewartet hatte. Er erinnerte sich genau, wie er damals vor Aufregung gezittert hatte. Else hatte ein Kleid mit Blumendruck getragen, nicht zu kurz, aber auch nicht zu lang. Wie schön sie gewesen war.

Nach dem ersten, schüchternen Kuss hatten sie noch sehr lange schweigend nebeneinander auf einer Parkbank gesessen und Händchen gehalten. Hermann erinnerte sich an das Gefühl, das ihn damals von Zuckerwasserscheitel bis Zehenspitzen erfüllt hatte: ein Gefühl totaler Zufriedenheit, ein Gefühl von Vollständigkeit, ein Gefühl, zu genau der richtigen Zeit mit genau der richtigen Person an genau dem richtigen Ort zu sein und genau das Richtige zu tun. Es gibt diese Momente ja nicht allzu oft im Leben, dachte Hermann. Momente, in denen einfach alles stimmt, in denen man die Uhr anhalten will, damit die Zeit nicht verstreicht. Wäre doch schön, hatte er damals gedacht, wenn wir einfach für immer hier sitzen und die Enten anschauen könnten.

Eine Ahnung dieses Gefühls beschlich Hermann immer dann, wenn er auf der morschen Bank auf dieser kleinen Holzbrücke saß. Verrückt, dachte Hermann, ich spüre es immer noch, auch nach so vielen Jahren. Ohne meine Else, so einfach ist es wohl, wäre ich nur ein halber Mann. Wie langweilig mein Leben ohne sie in den letzten 49 Jahren gewesen wäre! Ohne ihren Rat. Ohne dieses leise Kichern, das immer dann aus ihr herausbricht, wenn ich einen schmutzigen Witz erzähle. Eigentlich mochte Else schmutzige Witze, aber sie zeigte es nicht gern, sie war ja eine Dame. Also kicherte sie leise in sich hinein, was immer ein bisschen so klang, als putzte sich ein Eichhörnchen. Ohne dieses Kichern, das wusste Hermann, würde er nicht leben wollen, und auch nicht ohne die Gewissheit, dass Else immer da war, wenn er sie brauchte.

Sicher, sie waren ein bisschen eingerostet in all den Jahren. Ihr Leben funktionierte routiniert und ohne große Worte. Vielleicht sollten wir häufiger mal wegfahren, dachte Hermann. Oder häufiger mal hierherkommen, an unseren Teich, zu unseren Enten. Vielleicht sollte ich Else häufiger sagen, dass ich sie liebe. Immer noch und genauso sehr wie damals, als wir zum ersten Mal hier saßen, sie das Blumenkleid trug und mein Haar nach Zuckerwasser roch.

Er ließ den Blick über das trübe, grüne Wasser schweifen und stutzte kurz, als er unter den grauen und braunen Stockenten, die schon immer hier geschwommen waren, zwei weiße Enten entdeckte.

Auf dem Heimweg hielt Hermann kurz an der Friedhofsgärtnerei. Er kaufte einen Strauß aus Astern, Dahlien und Chrysanthemen,

Elses Lieblingsblumen. Er klemmte den Strauß behutsam auf den Gepäckträger und radelte heim.

Else war noch nicht zurück, als er die Tür zur Wohnung aufschloss. Er stellte die Blumen in eine Vase, schaute kurz auf den Anrufbeantworter, ob Andi sich vielleicht gemeldet hatte. Auf dem Display der Maschine leuchtete eine rote Null. Keine neuen Nachrichten. Hermann wollte die Fahrradklammern gerade zurück in die Kommode legen, als er bemerkte, dass die Schublade offen stand. Schals und Handschuhe waren beiseitegekramt, die grüne Decke hing heraus. Das Luftgewehr war weg.

Hermann wählte noch einmal Andis Nummer, doch sein Sohn ging wieder nicht ans Telefon. So langsam mache ich mir Sorgen, dachte Hermann. Und die wurden noch ein bisschen größer, als er Punkt 18 Uhr auf ihrem Stammplatz beim Griechen saß.

Andi war nicht da.

Kapitel 19 – Jeans-Sparbuch

Natürlich kannte Andi die Geschichte von dem Typen, der es versucht hatte. Jeder in Bottrop kannte sie, obwohl niemand genau wusste, wer der Typ gewesen und wann genau die Geschichte passiert sein sollte. Vielleicht war es auch eine von diesen Geschichten, die sich durch hundertfaches Weitererzählen so verselbstständigen, dass jeder Erzähler Ort, Zeit und Hauptdarsteller so einfügt und anpasst, wie es ihm gefällt.

Ob nun wirklich passiert oder nicht: Die Geschichte machte Andi wenig Mut.

Sie ging so: Ein Typ war mal mit einer Spielzeugpistole in die Zentrale der Sparkasse in der Bottroper Innenstadt marschiert und hatte gerufen: „Geld her!" Weil er dabei so stark zitterte und sich seine Stimme überschlug, schenkten ihm Kassierer und Kunden nur kurz Aufmerksamkeit, ehe sie sich weiter ihren Bankgeschäften widmeten. Sie hielten den Räuber für einen Witzbold. Die Plastikpistole in seiner Hand war auch aus einiger Entfernung noch als solche zu erkennen, was zu seiner Glaubwürdigkeit und zur Ernsthaftigkeit der Situation wenig beitrug.

Der Räuber stürmte dann auf einen Schalter zu, stolperte dabei über einen Pappaufsteller und knallte mit dem Kopf vor das Sicherheitsglas des Schalters. Dabei fiel ihm die Pistole aus der Hand. Eilig hob er sie auf, ließ dann aber noch eine Kundin gewähren, die gerade dabei war, 1.000 Mark abzuheben. Erst, als die Dame das Geld in ihrer Handtasche verstaut und einen Schritt zur Seite gemacht hatte, trat der Räuber vor den Schalter und wiederholte seine Forderung.

„Geld her. Bitte. Hab ich ja schon gesagt."

Dem Kassierer, der den „Überfall" bis dahin als lustig bis skurril empfunden und die „Waffe" aus nächster Nähe zweifellos als Attrappe erkannt hatte, wurde es da zu bunt. Er stürmte aus seinem Schalterhäuschen, trat dem Räuber in den Hintern und herrschte ihn an: „Verpiss dich, du Pfeife! Sonst ruf ich die Bullen."

Andi fand das echt erniedrigend. Eines war klar: Das sollte, das durfte ihm nicht passieren.

Problematisch war, dass Andi keinerlei Erfahrung mit Schwerkriminalität hatte. Klar, die ein oder andere Schlägerei. Das Ding mit Onkel Tom's Hütte. Er war auch schon mal besoffen Auto gefahren. Aber ein Bankraub? Das war alles Herrbuschs Schuld. Dieser Drecksack. Der nötigte ihn doch, so einen Scheiß zu machen.

Den halben Montag lang war Andi ziellos umhergelaufen, die Hände tief in den Taschen seiner Lederjacke vergraben. Wie zur Hölle sollte er aus dieser Nummer wieder rauskommen?

20.000 Euro. 20 Riesen. Das war echt eine Menge Holz.

Er kannte definitiv niemanden, der so viel Kohle hatte. Und erst recht niemanden, der sie ihm leihen würde. Schon gar nicht von jetzt auf gleich, bis morgen Abend, 19 Uhr.

Er hätte seinen Vater einweihen können, aber dann? Hermann hätte sein letztes Hemd für ihn gegeben. Aber 20.000 Piepen kämen selbst dann nicht zusammen, wenn seine Eltern ihren gesamten Hausstand verkaufen würden.

Er hatte kurz überlegt, zu den Bullen zu gehen. Nach Wachtmeister Koppenborg zu fragen und ihm die ganze Geschichte zu erzählen. Aber dann? Hätte der Wachtmeister Herrbusch zur Rede gestellt, der hätte alles abgestritten, und wem hätten die Bullen dann wohl geglaubt? Dem vorbestraften Kneipenschläger?

Oder dem unbescholtenen Sozialarbeiter mit der Stimme eines Regensburger Domspatzen?

Nein, das ging auch nicht.

Dann hatte er tatsächlich für ein paar Sekunden überlegt, Anja anzurufen. Anja, die ihn hasste, die nicht mehr mit ihm sprach, die ihn nicht zurückrief – ob sie wohl Verständnis dafür hätte, dass er wegen eines Saufwochenendes mit einem Bein im Knast stand.

Eher nicht.

Je länger Andi grübelte, desto klarer wurde ihm: Die Situation war ausweglos. Mit gewöhnlichen Mitteln nicht zu lösen. Es würde eine Bank sein müssen. Auch wenn das überhaupt nicht seine Art war. Auch wenn das Anja erst recht nicht gefallen würde, aber die müsste das ja nicht erfahren. Niemand würde jemals davon erfahren.

Erschwerend kam hinzu, dass Andi von Banküberfällen überhaupt keine Ahnung hatte. Er kannte nur diese Gruselgeschichte mit dem unbekannten Typen, aber bei genauerem Nachdenken fiel ihm auf, dass er schon mindestens drei verschiedene Versionen der Story gehört hatte. Mal spielte sie in der Sparkasse in der Stadtmitte, dann in der Volksbank, mal in Oberhausen. Mal hatte der Räuber eine Erbsenpistole, mal eine Wasserpistole. Mal trat ihm der Kassierer in den Hintern, mal zerrte er ihn am Ohr aus der Bank. Je länger Andi darüber nachdachte, desto unglaubwürdiger fand er die Geschichte. Wie die von dem Jugendlichen, der sein Mofa so unglaublich frisiert hatte, dass die Polizei ihn anhielt, ihm das Fahrzeug abnahm und es im Polizeimuseum ausstellte. Von dem hatte in Bottrop auch jeder gehört, aber seinen Namen kannte keiner. Oder der Kumpel, der im Alleingang die Kneipe Zum Hallenbad kurz und klein geschlagen hatte. Die

Story kannte jeder, die Details niemand. Und wenn es diesen Typen wirklich gegeben hätte, dann hätte ihn Andi gekannt.

Er würde eine Waffe brauchen, das war klar. Keine echte, darauf hatte Andi keinen Bock. Er hätte auch gar nicht gewusst, woher er eine bekommen sollte. Möglichst echt aussehen sollte sie, um den Kassierer nicht in Versuchung zu führen, Andi in den Hintern zu treten. Ihm fiel das Luftgewehr seines Vaters ein. Jetzt brauchte er nur noch einen Vorwand, um es aus der Kommode im Flur zu kramen. Da überlege ich mir spontan was, dachte Andi. Vielleicht erzähle ich einfach irgendwas von Tauben, die irgendwas vollscheißen. Da hat mein Vatter sicher Verständnis. Er machte sich auf den Weg zu seinen Eltern.

Unterwegs fasste er noch ein paar gute Vorsätze für den Überfall.

Erstens: Er würde niemanden verletzen. Zweitens: Er würde kurz vor Ladenschluss hingehen, damit möglichst wenig Kunden da wären. Drittens: Er würde nur Geld von der Bank nehmen, nichts von Kunden. Und viertens: Er würde genau 20.000 Piepen verlangen, keinen Cent mehr. Er wollte kein Geld für sich. Er wollte nur nicht in den Knast, sonst würde er Anja garantiert nie zurückbekommen. Er würde Herrbusch auszahlen, dieses dreckige Schwein, und dann würde es gut sein. Wenn die Bullen irgendwann mal bei ihm suchen sollten, dann würden sie nichts finden. Im Grunde würde es gar kein richtiger Überfall werden, redete sich Andi ein. Eher so eine Art Ladendiebstahl. Von ziemlich teurer Ware. Mit unfreiwilliger Unterstützung der Angestellten. Und einer Waffe.

Es gab noch ein Problem zu lösen. Welche Bank sollte er ausrauben? Er könnte wohl kaum die Sparkasse in der Stadtmitte überfallen. Das schloss er schon aus Angst vor einem womöglich doch existenten Bankräuber in den Hintern tretenden Kassierer aus. Da kannte man ihn, die würden ihn erkennen, auch wenn er sich wie geplant einen Damenstrumpf über den Kopf ziehen würde. So machen die das im Film, so würde er es auch machen. Trotzdem: Die Angestellten würden seine Stimme erkennen, schließlich holte er bei ihnen seit Jahren seine Stütze ab.

Nein, es würde eine andere Bank sein müssen.

Aber auch keine wildfremde! In einer Bank, die er nicht kannte, würde er zu viel Zeit zur Orientierung verlieren. In dieser Zeit könnte der Kassierer den Alarmknopf unter dem Tresen drücken, das machen die auch immer im Film, und dann wären die Bullen da, bevor Andi auch nur einen Cent erbeutet hätte. Einen Fluchtwagen hatte er auch nicht. Noch so ein Problem.

Ihm fiel die Sparkassen-Filiale in der Bahnhofstraße ein. Dort in der Nähe hatte er mit seinen Eltern gewohnt, bis er ungefähr acht Jahre alt war, bevor sie dann in die größere Wohnung in der Tilsiter Straße in Bottrop-Boy gezogen waren. In dieser Sparkasse hatte er Anfang der 80er-Jahre sein erstes Jeans-Sparbuch bekommen, ein Heft in DIN-A5-Format, das in Jeansstoff gekleidet war und damit vermutlich Jugendlichkeit und Lässigkeit der Sparkasse betonen sollte.

Auf dieses Sparbuch hatte Andi an jedem Letzten des Monats stolz fünf Mark gespartes Taschengeld eingezahlt. Hermann und er waren dann immer den kurzen Weg von ihrer Wohnung zur Filiale gelaufen, Andis kleine Hand in der schwieligen Arbeiterhand seines Vaters, und der hatte erzählt: wie er in der Gegend aufgewachsen war, wo sie verstecken gespielt und in welchem Tante-Emma-Laden sie Bonbons geklaut hatten.

Einmal, Andi war schon etwas älter, hatte ihm Hermann auf dem Weg zur Bank eine andere Geschichte erzählt: dass in dem Haus, in dem sich nun die Filiale der Sparkasse befand, früher mal ein Nachtclub gewesen sei, der aber habe schließen müssen, „nach der Schießerei". Mit dem Begriff „Nachtclub" konnte der kleine

Andi damals noch nichts anfangen, aber die Geschichte mit der Schießerei fand er natürlich spannend. Und so schmückte Hermann fortan die Erinnerung bei jedem Bankbesuch ein bisschen mehr aus. Er erzählte von Rabauken und Halunken, die im Viertel nach dem Krieg ihr Unwesen trieben, von der zwielichtigen Bar, in der sie alle zu verkehren pflegten, bis ein eher harmloser Streit um eine der dort arbeitenden Damen schließlich eskalierte.

Irgendwann hatte Hermann seinem Sohn dann auch zu erklären versucht, was es mit dem Begriff „Nachtclub" auf sich hatte: dass dort „Animierdamen" arbeiteten, mit denen man gegen Geld ein „Schäferstündchen" verbringen konnte. Rückblickend glaubte Andi, dass das alles war, was er jemals von seinem Vater in Sachen Aufklärung erfahren hatte. Das und der Spaziergang über die Reeperbahn wenig später.

In der Bank war er jedenfalls seit bestimmt 25 Jahren nicht mehr gewesen. Vom gelegentlichen Vorbeifahren wusste er immerhin, dass es die Filiale noch gab. Das rote S leuchtete noch immer über der Eingangstür. Dort war nie viel los gewesen. Und der Kassierer, der damals sein Jeans-Sparbuch verwaltet hatte, war sicher längst in Rente.

Andi sog Luft durch die Schneidezähne, bevor er den Schlüssel in die Wohnungstür seiner Eltern steckte. Die Tür war zweimal abgeschlossen. Schwein gehabt, dachte Andi. Keiner zu Hause. Eilig kramte er die Wolldecke mit dem Gewehr aus der Schublade, wickelte das Gewehr aus und steckte es in die Sporttasche, die er eigens dafür mitgebracht hatte.

Wenn schon niemand da ist, dachte Andi, dann wäre das doch eine gute Gelegenheit, um ein Fluchtfahrzeug zu besorgen. Er könnte das Fahrrad von seinem Alten nehmen. Das kannte in der Stadt ganz sicher niemand, so lange, wie es schon im Keller vor sich hin gegammelt hatte. Sein Vater hatte das Ding gestern ganz bestimmt verkehrstüchtig gemacht, da war sich Andi sicher. Sein Vater tat alles für ihn, das wusste Andi, und zum ersten Mal an diesem Tag beschlich ihn ein Anflug von schlechtem Gewissen.

Im Keller seiner Eltern blickte er sich suchend um. Da war kein intaktes Fahrrad und auch kein kaputtes, staubiges. Da war überhaupt kein Fahrrad. Was zwei Dinge bedeuten konnte: Entweder hatte seine Mutter das Gefährt weggeschmissen. Oder sein Vater hatte das Ding repariert und war nun damit auf Probefahrt. Beides hielt Andi für reichlich unwahrscheinlich, aber er hatte jetzt keine Zeit, länger darüber nachzudenken. Er hatte Pläne. Er musste sich konzentrieren.

Dann also kein Fahrrad. Türme ich halt zu Fuß, dachte Andi. Gleich neben der Bank verlief ein Fußweg, der in eine verkehrsberuhigte Zone führte, die an einen Wald grenzte. Dort könnte man ziemlich schnell verschwinden. Könnte klappen.

Die Sporttasche mit dem Luftgewehr über die Schulter gelegt, machte sich Andi zu Fuß auf den Weg zur Bank. Unterwegs kaufte er im Drogeriemarkt noch eine Damenstrumpfhose, blickdicht, Größe M, 1,99 Euro. Er machte ein möglichst gleichgültiges Gesicht, als ihn die Kassiererin deshalb neugierig musterte.

Es war 17.55 Uhr, als Andi die Bankfiliale an der Bahnhofstraße erreichte.

An der Straßenecke neben der Filiale blieb er stehen. Er sah den Eingang, darüber das rot leuchtende S mit dem Punkt darüber. Vor der Tür der Bank stand ein alter Mann, auf einen Gehstock gestützt, der angestrengt durch die gläserne Eingangstür spähte, aber nicht hineinging. Mach fertig, Opa, dachte Andi. Er war nun doch ein bisschen nervös. Komm schon, sagte er leise zu sich selbst. Reiß dich zusammen. Zieh das Ding durch. Rein, raus,

Mickymaus. Das dauert keine Minute. Du gibst Herrbusch die Kohle, und dann ist endlich Ruhe.

Andi blickte sich noch einmal um. Der Alte war langsam weiter-gehumpelt, blieb aber immer wieder stehen und guckte sich um. Egal, dachte Andi. Jetzt gibt es kein Zurück mehr. Er fingerte die Packung mit der Strumpfhose aus der Tasche, riss sie hastig auf und stülpte sich das Stück Nylon über den Kopf. Verdammt, dach-te er, man sieht ja kaum was! Das verraten die im Film nie! Und wohin jetzt mit der Verpackung?

Er blickte sich noch einmal um, sah schemenhaft die orangefar-benen Umrisse eines Mülleimers an der ein paar Meter entfernten Bushaltestelle und lief dorthin, um die Verpackung zu entsor-gen. Hätte ich auch mal früher drauf kommen können, das Ding auszupacken, ärgerte sich Andi und steckte den Karton in den Container. Er packte das Luftgewehr aus und hängte sich die leere Tasche über die Schulter.

Als er sich umdrehte, stand der Alte wieder vor der Bank. Wieder guckte er interessiert hinein, drehte den Kopf dann in Andis Rich-tung. Andi bemerkte, dass ein Mann mit Luftgewehr in der Hand und Strumpfhose auf dem Kopf in der Nähe einer Bank womög-lich verdächtig aussehen könnte, und zerrte sich die Maskierung hastig herunter. Was zur Hölle machte der Opa da? Irgendwann hatte der Alte offenbar genug geguckt und wackelte mit kleinen, unsicheren Schritten davon. Jetzt oder nie.

Andi rannte los, zog sich die Strumpfmaske im Laufen ein zweites Mal über, erreichte die Bank. Obwohl er durch die blickdichten Maschen tatsächlich nur schemenhaft sah, riss er die Tür auf, stürmte mit großen Schritten am Geldautomaten vorbei in die Halle, nahm das Luftgewehr hoch und rief so laut, wie er konnte:

„Niemand bewegt sich! Geld her!"

Es bewegte sich tatsächlich niemand. Die Bank war leer.

Wo in Andis Erinnerung der holzvertäfelte Schalter mit der Glasscheibe und der kleinen Durchreiche gewesen war, in die er, auf Zehenspitzen stehend, sein Jeans-Sparbuch gelegt hatte, wo die zwei wuchtigen, weißen Schreibtische der übrigen Bankangestellten, ihre Drehstühle, ihr Aktenschrank und eine vertrocknete Zimmerpflanze gestanden hatten, empfing Andi nun: gähnende Leere.

Auf den schmutzigen Fliesen konnte man noch die Umrisse der Tische erahnen, die dort vermutlich sehr, sehr lange gestanden hatten. Bis auf den Geldautomaten neben dem Eingang, einen Kontoauszugsdrucker und einen kleinen, silbernen Papierkorb in der Ecke gab es in der Bank: nichts mehr.

Zum zweiten Mal an diesem Tag glaubte Andi, dass er ohnmächtig würde.

Schemenhaft nahm er einen Zettel wahr, der neben dem Geldautomaten an der Wand klebte. Er zerrte sich die Maske vom Kopf und las:

Sehr geehrte Kund*Innen,

zu unserem Bedauern müssen wir Ihnen mitteilen, dass diese Filiale zum 30. September schließt. Geldautomaten und Kontoauszugsdrucker werden Sie selbstverständlich auch in Zukunft an diesem Standort weiter nutzen können.

Für alle weiteren Angelegenheiten bitten wir Sie, unsere Zentrale in der Bottroper Stadtmitte aufzusuchen. Wir danken Ihnen, dass Sie uns 40 Jahre lang die Treue gehalten haben, und würden uns freuen, Sie in einer unserer anderen Filialen weiter als Kunden begrüßen zu dürfen.

Mit herzlichen Grüßen

Ihr Team der Sparkasse Bottrop

Ich breche ins Essen, dachte Andi. Das darf doch wohl nicht wahr sein. Jetzt leck mich doch!

Und jetzt?

Seine Gedanken rasten. Er starrte auf den Geldautomaten. Da waren doch sicher 20 Riesen drin. Bekam man den nicht irgendwie auf? Mit einem Damenstrumpf und einem Luftgewehr vermutlich nicht.

In diesem Moment bremste vor der Tür ein Porsche. Ein kleiner Mann in Lederjacke stieg aus und betrat die Bank. Eilig stopfte Andi Strumpfmaske und Luftgewehr in die Tasche und versteckte sie hinter seinem Rücken, doch der kleine Mann beachtete ihn ohnehin nicht.

„Das ist mir scheißegal", bellte er in das Headset seines Telefons, das er auf sein Ohr geklemmt trug. „Mir ist vollkommen wurscht, ob die Schlampe alleinerziehend ist. Mir ist auch egal, ob sie seit zehn, 20 oder 30 Jahren für mich arbeitet. Was mich interessiert ist: Rendite. Verstehst du? Ren. Di. Te. Und wenn die nicht hoch genug ausfällt, dann müssen wir sparen. Und deshalb schmeißt du die blöde Kuh jetzt raus. Wenn du das nicht tun willst, dann mache ich das morgen höchstpersönlich. Und du fliegst dann gleich mit. Habe ich mich klar ausgedrückt?" Mit einer Hand steckte der kleine Mann seine EC-Karte in den Geldautomaten, mit der anderen nestelte er an seinem Ohr. Das Telefonat war offenbar beendet.

Andi musste sich jetzt schnell entscheiden. Er dachte an seinen dritten Vorsatz: nichts von Kunden nehmen. Aber: Galt das auch für solche Kunden? Er nahm von einem Arschloch und gab es einem anderen. Ein Kreislauf, bei dem kein bedürftiger Mensch zu Schaden kam. Schon okay so, dachte Andi. Damit kann ich leben.

Gerade wollte er die Strumpfmaske wieder aufsetzen und dem Mann den Lauf des Luftgewehrs in den Rücken pressen, als er am Schaufenster das Gesicht des Opas erblickte. Er presste seine Nase an die Scheibe, hielt sich eine Hand vor die Stirn, um besser in den Schalterraum gucken zu können.

Was ist denn das hier für eine gottverdammte Kacke, dachte Andi. Bin ich bei „Verstehen Sie Spaß?"?

Hinter sich hörte er, wie der kleine Mann mit seinen kurzen, dicken Fingern auf den Geldautomaten einhackte und dabei unverständliche Flüche murmelte. Andi wartete, bis das Gesicht des Alten am Fenster verschwunden war, dann wandte er sich wieder dem Mann am Automaten zu.

Er griff nach der Maske, die er die ganze Zeit wie eine Pudelmütze auf dem Kopf getragen hatte, als der Mann am Geldautomaten plötzlich zu brüllen begann.

„WOLLEN DIE MICH VERARSCHEN? DIE WOLLEN MICH DOCH VERARSCHEN!"

Mit der flachen Hand drosch er auf die Tastatur des Automaten ein.

„DIE HABEN JA WOHL DEN ARSCH SO WAS VON OFFEN! NICHT MIT MIR, FREUNDE. ICH REISSE EUCH DEN ARSCH NOCH EIN GANZES STÜCK WEITER AUF!"

Mit voller Wucht trat der Mann gegen das Gerät, dann fuhr er wutentbrannt herum. Kurz schien er sich zu erschrecken, als er Andi sah. Offenbar hatte er noch immer nicht bemerkt, dass sich außer ihm noch jemand in der Bank befand. Das Publikum schien ihm aber ganz recht zu sein, um seiner Wut freien Lauf zu lassen.

„Die Stricher haben meine Karte eingezogen! Limit überschritten! Ich! Seit Jahr und Tag werfe ich denen mein sauer verdientes Geld in den Rachen, das sie dann gemütlich am Weltmarkt verzocken. Und dann habe ich einmal – einmal! – einen kleinen Engpass, und schon drehen sie mir den Hahn zu! Diese Halsabschneider. Aber nicht mit mir. Nicht mit mir! Denen werde ich was husten! Wo ist die verfickte Zentrale? Da fahre ich jetzt sofort hin und kacke denen auf den Schreibtisch!"

Bevor Andi etwas erwidern konnte, war der kleine Mann aus der Tür und in seinen Porsche gesprungen. Mit quietschenden Reifen brauste er davon.

Andi versuchte, seine Gedanken zu ordnen. Der Opa glotzte schon wieder durchs Fenster, aber das war ihm jetzt langsam auch egal. Scheiß drauf, dachte Andi. Dann ist halt der Nächste fällig. Mir wird das hier zu blöd.

Kaum hatte er sich in die Ecke neben den Kontoauszugsdrucker gestellt, seine Strumpfmaske aufgesetzt und das Luftgewehr in beiden Händen, öffnete sich die Tür erneut. Überraschungseffekt, dachte Andi. Ich muss die Schrecksekunde nutzen.

Er sprang hinter dem Drucker hervor, riss das Gewehr hoch und rief mit bemüht fester Stimme:

„Hände hoch, das ist ein Überfall!"

Die Frau, die gerade den Schalterraum betreten hatte, blieb wie erstarrt stehen. Einen Moment lang schwieg sie und starrte Andi in sein bestrumpfhostes Gesicht. Dann schien sich so etwas wie Erkenntnis in ihr anfängliches Entsetzen zu mischen.

„ANDREAS SIKORRA", hörte Andi die strenge Stimme seiner Mutter.

„ICH HOFFE INSTÄNDIG, DASS DAS NUR EIN SCHLECHTER SCHERZ IST."

Als Andi und seine Mutter ein paar schwierige Minuten später die Bank verließen, Andi mit hochroten Ohren und gesenktem Haupt, hinter ihm seine Mutter, das Luftgewehr mit spitzen Fingern tragend, stand direkt vor der Tür der alte Mann.

„Tschuldigung", sagte er mit zittriger Stimme. „Is hier der Puff nich' mehr?"

Kapitel 20 – Gurke mit Sahne

Nach 49 Jahren Ehe glaubte Hermann, alle Gesichter seiner Frau zu kennen. Das unaufgeregte, wenn er ihr, vom Markt oder vom Aldi kommend, empört berichtete, was jetzt wieder wie viel teurer geworden sei und wie unverschämt er das finde.

Oder wenn ihn jemand zugeparkt und ihm den Vogel gezeigt hatte, weil er auf dem Parkplatz nicht schnell genug rangiert hatte. Wenn er Post vom Amt bekam, am besten vom Finanzamt oder vom Sozialamt, diese Schreiben, unter denen „auch ohne Unterschrift gültig" stand, drei, vier, fünf Seiten stark und so klein gedruckt, dass sie Hermann nicht lesen konnte, bis ganz unten, ganz hinten, auf der allerletzten Seite dann die Summe stand, die er zu zahlen hatte, die war dann wieder größer gedruckt, meistens auch fett, damit auch der allerletzte Trottel kapierte, was zu tun war: nicht lesen, bezahlen. Nicht verstehen, nur löhnen.

Über diese Schreiben konnte sich Hermann wahnsinnig aufregen, fuchsteufelswild konnte er da werden, und wenn er dann mit puterrotem Kopf und schlimmsten Flüchen auf den Lippen zu Else in die Küche stürmte, um auf die Ungerechtigkeit der Welt als Ganzes und die Idiotie der Menschen im Einzelnen zu schimpfen, dann setzte Else stets dieses unaufgeregte Gesicht auf. Die Augen halb geschlossen, die Hände in die Hüften gestemmt, während ihren Mund ein kaum merkliches Lächeln umspielte. Blickte Hermann in dieses Gesicht, das so viel Milde verströmte, so viel Wärme und Zuversicht, dann verflog sein Zorn meist schon, während er noch dabei war, seinen wütenden Monolog fertig zu schimpfen. Er spürte dann, wie er beim Erzählen immer ruhiger wurde, immer weniger aufgeregt und Elses Lächeln dabei immer breiter. Meist endeten seine Tiraden dann in einem trotzigen „Is doch wahr!". Else streichelte ihm dann über den Kopf und sagte so etwas wie: „Denk an dein Herz."

Und dann war auch wieder gut.

Oder das mitleidlose Gesicht. Wenn er nach einem Kegelabend oder einer etwas längeren Runde im Vereinsheim versuchte, sich nicht anmerken zu lassen, was er für einen elenden Kater hatte. Da kannte Else überhaupt kein Mitgefühl. Wer saufen konnte, der konnte auch den Müll runterbringen, Kartoffeln aus dem Keller holen oder die Balkonmöbel umstellen, am besten auch den Sonnenschirm mit dem schweren Ständer aus Stein. Verzog Hermann dabei eine Miene, deutete er leisen Protest an oder zuckte er zusammen, wenn das Telefon schellte, dann blickte er in dieses Gesicht: kalt wie Eisen, hart wie Stahl.

Oder das kindische Gesicht. Wenn er einen schlüpfrigen Witz erzählte, Else Empörung vortäuschte, die Fassade der Empörung dann aber zu bröckeln begann und das Eichhörnchengeräusch erklang, das überhaupt das Geräusch war, das er auf der ganzen Welt am allermeisten mochte.

Oder das gerührte Gesicht. Wenn er ihr Blumen schenkte, ein Kompliment für die neue Frisur machte, Else dann errötete und sich abwandte, damit es Hermann nicht sah, weil ihr erröten so peinlich war. All diese Gesichter seiner Frau kannte Hermann seit Jahrzehnten.

Aber das Gesicht, das sie an diesem Montagabend um kurz nach halb sieben in der Pommesbude Zum Grieche an den Tag legte, das hatte er noch nie gesehen.

Else stand vor der Theke der Costas wie vor einem Verkehrsunfall. Mit weit aufgerissenen Augen starrte sie auf die ausgestellten Speisen, den Mund halb geöffnet, in ihrem Blick eine Mischung aus Neugier, Ekel und Entsetzen.

Elses Gesicht war nicht die erste Überraschung an diesem seltsamen Abend. Zunächst einmal war es ja schon eine kleine Sensation, dass sie überhaupt hier war. Hermann konnte sich nicht erinnern, dass Else jemals zuvor einen Fuß in die Pommesbude gesetzt hatte. Oder in irgendeinen anderen Schnellimbiss auf dieser Welt. Das Prinzip Fast Food, das hatte sie ihm schon vor Jahren erläutert, beleidige sie in ihrer Rolle als Hausfrau und Köchin. Diese Rolle definierte sie wie folgt: Den halben Tag lang überlege sie, was sie ihrem werten Herrn Gemahl und dem verehrten Sohnemann denn heute mal kredenzen könne. Die zweite Tageshälfte verbringe sie dann am Herd, und am Schluss könne sie als größtes Lob ein vollmundig geschmatztes „Is lecker" erwarten. Beim Griechen aber, da schlügen sich Mann und Sohn ja nur zu gern die Bäuche voll, dabei sei dort alles zu fett, zu salzig und in Mayo ertränkt.

Dass Else also hier auftauchte, war nicht weniger als sensationell. Hermann hatte draußen wie immer den Hund angeleint, beim Reinkommen zu grüßen vergessen, danach nur gedankenverloren auf die Tischplatte gestarrt und sich Sorgen um Andi gemacht. Der mittlere Costa hatte ihm, ohne groß zu fragen, einen Ouzo, einen Saloniki-Teller und eine Flasche Pils hingestellt. Lustlos hatte Hermann auf dem Teller herumgepickt, den Ouzo nicht einmal angefasst, bis um 18.26 Uhr die Tür der Pommesbude aufgestoßen wurde. Mit wehendem Mantel und strammen Schritten marschierte Else in den Laden, sah sich um, entdeckte Hermann und stürmte zu ihm an den Tisch. Kurz nach ihr schlich Andi in den Laden. Er wirkte ein ganzes Stück kleiner als sonst, ganz eingefallen, vornübergebeugt, den Kopf zwischen den Schultern versteckt wie ein geprügelter Hund. Hermann überlegte, wann er seinen Sohn zuletzt so gesehen hatte. Vermutlich, als Andi in der achten Klasse sitzen geblieben war und seinen Eltern am letzten Schultag das Zeugnis zur Unterschrift vorlegen musste. Else war damals nicht halb so aufgebracht gewesen wie heute.

„Mein lieber Hermann", stieß sie mit bebender Stimme hervor, während Andi schräg hinter ihr stand, in sicherem Abstand, als fürchtete er, dass seine Mutter nach hinten auskeilen könnte. Sein Blick war dabei fest auf den gefliesten Fußboden geheftet. „Mein lieber, lieber Hermann ... Du wirst nicht glauben ... wo ich deinen hochwohlgeborenen Sohn ... gerade getroffen habe ... und was er da gemacht hat." Nach jedem Halbsatz schnappte Else nach Luft, und für einen kurzen Moment fürchtete Hermann, dass seine Gattin vor Aufregung hyperventilieren könnte. „Aber das ... wird dir dein feiner Herr Sohn ... jetzt in aller Ruhe selbst erzählen. Nicht wahr, lieber Andi?"

Dann stürmte Else zur Toilette und blieb dort eine Weile.

Andi setzte sich und begann leise zu erzählen. Von den Sozialstunden und seinem Chef. Von der Schikane, von seinem spontanen Ausflug nach Hamburg. Wie er verschlafen hatte und zu spät zur Arbeit gekommen war. Wie der Mann, der doch nicht Herrbusch hieß, ihn seitdem erpresste. Und wie er dann schließlich keinen anderen Ausweg mehr gesehen hatte. Das Luftgewehr geholt und einen Strumpf gekauft hatte. Zur Bank gefahren war. Während sein Sohn die Ereignisse der vergangenen Tage beschrieb, hatte Hermann mehrfach das Gefühl, er müsse nun selbst hyperventilieren.

Irgendwann kam Else vom Klo zurück. Hermann konnte sehen, dass sie sich kaltes Wasser ins Gesicht gespritzt hatte. Ihre Wangen waren gerötet, ihr Haaransatz feucht. Sie kam nicht zu ihnen an den Tisch, offenbar hatte ihr Andi die Beweggründe für seine Irrsinnstat schon auf dem langen Fußweg zur Pommesbude geschildert. Stattdessen stürmte Else direkt auf den mittleren Costa hinter seinem Tresen zu. Sie weiß nicht, wohin mit sich, dachte Hermann. Die Ärmste ist komplett durcheinander. Am Tresen fand Else jedenfalls die dringend benötigte Ablenkung.

Sie starrte auf die Schüsseln, die in der Kühltheke vor ihr ausgestellt waren.

„Was kann ich Ihnen Gutes tun, werte Dame?", hörte Hermann den mittleren Costa scharwenzeln.

Else schien zunächst zu perplex, um zu antworten.

„Was ... was ist das?", stammelte sie und deutete mit schwacher Geste auf die Schalen.

„Das sind unsere hausgemachten Salate, Werteste. Allerbeste Qualität, original Hausmacherart."

„Das soll Salat sein? Was denn für Salat?"

„Krautsalat. Mit Sahne."

„Und was ist das?"

„Gurkensalat. Mit Sahne."

‚Haben Sie auch Salat ohne Sahne?"

‚Natürlich, meine Teure. Hier zum Beispiel. Hirtensalat. Allerbeste Qualität, original griechischer Art."

‚Und was ist da drin?"

‚Schafskäse, Oliven, Tomaten und Gurke."

„Ich sehe da vor allem Schafskäse."

‚So wird er in Griechenland gemacht."

„Haben Sie denn auch irgendeinen Salat, der aus Salat gemacht ist? Also Kopfsalat, Feldsalat, irgendwas?"

„Da muss ich Sie leider enttäuschen, meine Allerwerteste."

Hermann sah, wie Elses Blick durch die Kühltheke irrlichterte.

„Und was bitte ist das?"

„Das ist Bifteki."

„Was ist Bifteki?"

„Das ist Hack, gefüllt mit ..."

„Soll ich mal raten?", unterbrach Else den mittleren Costa. „Mit Sahne? Oder mit Schafskäse?"

„Letzteres."

Sie wird es schaffen, dachte Hermann, dass auch dem ewig gleichmütigen Costa der Geduldsfaden reißt. An Else wird er sich die Zähne ausbeißen. Sein Pommesbudenkunden-Endgegner sozusagen.

Während er dem Dialog am Tresen folgte, fiel Hermann auf, dass sein Sohn schon eine Weile schwieg. Noch immer hatte Andi den Blick für keine einzige Sekunde gehoben. Ihm schien diese ganze Bankraubsache wirklich außerordentlich peinlich zu sein. Hermann überlegte angestrengt, was er seinem Sohn auf diese völlig abstruse Geschichte erwidern könnte. Etwas Geistreiches, einen Lösungsvorschlag für diese vertrackte Situation. Schließlich war er hier der Vater. Kopf der Familie. Von ihm wurde erwartet, dass er Probleme durchdrang und durchdachte, ehe er sie mit gebotener Ruhe löste.

Ihm fiel aber beim besten Willen überhaupt nichts ein. Er spürte Panik in sich aufsteigen.

„Also gut", sagte Hermann und bemühte sich um eine besonders ruhige Stimme. „Gehen wir die Sachverhalte mal von hinten nach vorne durch. So, wie ich das sehe, hat es überhaupt gar keinen Banküberfall gegeben, das ist schon mal wichtig festzuhalten. Der Typ mit dem Porsche hat nicht mitbekommen, was du vorhattest. Der ältere Herr sucht vermutlich immer noch den Nachtclub. Der einzige Mensch, der ein strafbares Verhalten deinerseits bezeugen könnte, ist deine Mutter. Und die ist auf deiner Seite."

Hermann blickte vorsichtig zur Seite. Else kam gerade zurück an den Tisch.

„Zumindest hoffe ich das."

„Ich? Ich bin auf Herrn Andreas Sikorras Seite, ja?"

Elses Augen blitzten. Zu Hermanns Überraschung hatte sie einen kleinen Teller dabei, auf dem der mittlere Costa ihr mehrere kleine Portionen der in der Kühltheke arrangierten Salate drapiert hatte. Jeweils etwa einen Esslöffel voll Gurke mit Sahne, Kraut mit Sahne und Hirtensalat, dazu etwas Fladenbrot und Tsatsiki.

„Ich hätte große Lust, dich bei der Polizei anzuzeigen, Freundchen", schimpfte Else in Richtung ihres Sohnes. „Was wir dir in 42 Jahren vorgelebt haben, scheint ja auf keinen sonderlich fruchtbaren Boden gefallen zu sein. Übers Knie legen kann ich dich nicht mehr, dabei hättest du es mehr als verdient. Vielleicht müssen dich andere Instanzen mal Mores lehren!"

Else war jetzt richtig in Fahrt.

„Das ist ein Überfall! Geld her!", rief sie und äffte dabei Andis Stimme nach. „Und dann mit diesem albernen Strumpf über dem Kopf und dem ollen Luftgewehr in der Hand, mit dem dein Vater nicht mal Tauben getroffen hat. Ich frage mich ja, ob wir dich als Kind zu viel ‚Western von gestern' haben gucken lassen. Hast du wirklich geglaubt, das würde funktionieren? Dass man so mal eben schnell reich wird? Das war wirklich die mit Abstand dümmste Aktion, seit damals dieser Trottel versucht hat, die Sparkasse in Stadtmitte zu überfallen."

„Die Sparkasse in Stadtmitte ist mal überfallen worden?" Hermann war überrascht. „Wann soll denn das gewesen sein? Das stand gar nicht in der Zeitung."

„Ist bestimmt 25 Jahre her", sagte Else. Sie hatte sich jetzt etwas beruhigt. „Es stand nicht in der Zeitung, weil es kein richtiger Überfall war. Nur ein jämmerlicher Versuch. In etwa so jämmerlich wie der deines feinen Herrn Sohnemanns hier."

„Und woher weißt du dann davon?", fragte Andi leise, ohne den Blick zu heben.

„Weil ich dabei war, Freundchen. Ich hatte gerade 1.000 Mark abgehoben und in die Tasche gesteckt. Für Weihnachtsgeschenke. Als ich mich umgedreht habe, stand da so ein komischer Kauz, total verschwitzt, mit einer Spielzeugpistole in der Hand. Der ist dann an den Schalter und hat was von ‚Geld her' gestammelt. So leise, dass man ihn kaum verstehen konnte."

„Und was ist dann passiert?", fragte Andi.

„Dann kam der Kassierer aus seinem Häuschen raus, hat dem Möchtegernräuber eine Backpfeife gegeben und ihn gefragt, ob er noch ganz dicht ist. Übrigens eine völlig berechtigte Frage, wie ich finde."

Hermann ergriff das Wort.

„Du hast natürlich mit all diesen Anmerkungen recht, Liebes", sagte er beschwichtigend. „Trotzdem sollten wir uns konstruktiv mit der Sache auseinandersetzen. Ich sehe hier keinen Straftatbestand vorliegen. Wir wollen nicht vergessen, dass Herr Busch aus dem Möbellager hier der wahre Schuft ist. Er ist der Einzige, der sich strafbar gemacht hat. Auf Erpressung stehen mehrere Jahre Gefängnis!"

„Spitze", murmelte Andi. „Die können wir dann ja gemeinsam in einer Zelle absitzen."

„Genau das müssen wir verhindern", wandte Hermann ein. „Also, nicht nur, dass ihr gemeinsam in einer Zelle landet. Sondern, dass du überhaupt ins Gefängnis musst. Das wäre doch gelacht: Andreas Sikorra, verurteilt zu zwei Jahren Haft wegen Verschlafens! Da lachen ja die Hühner!"

„Da hast du recht, Vatter", sagte Andi. „Aber an genau diesem Punkt war ich heute schon mal. Und danach habe ich versucht, eine Bank auszurauben, erinnerst du dich? Weil mir verflucht noch mal nichts Besseres eingefallen ist. Dir vielleicht? Nur zu! Ich höre!"

„Und wenn du noch mal mit Herrn Busch redest?"

Andi lachte verächtlich.

„Herrbusch hasst mich seit unserem ersten Telefonat. Da ist nix mehr mit Reden. Cash oder Knast. Und ich bin gar nicht mal so sicher, was ihm davon lieber wäre."

Else, die durch die Salate pickte und die verschiedenen Sorten ausführlich kostete, schaltete sich ein.

„Dann musst du das machen", sagte sie und deutete mit einer Gabel voll Gurke mit Sahne auf Hermann.

„ICH?" Hermann wurde schon wieder schwindelig.

„Wieso denn jetzt plötzlich ich?"

„So, wie ich es sehe, haben du und deine Kumpels Andi diesen Spitzenjob eingebrockt." Else blickte triumphierend. „Einer von deinen feinen Freunden scheint diesen geisteskranken Chef ja sogar zu kennen!"

„Der Senior vom Möbellagerchef war ein Kumpel von Kalle. Aber der ist schon fünf Jahre tot", wehrte sich Hermann verzweifelt.

„Ist doch prima. Dann kann Kalle ja jetzt den Junior in die Mangel nehmen."

„In die Mangel? Kalle hat nur einen Arm!"

„Dann macht das zusammen, dann habt ihr drei. Wenn ihr den dicken Macha noch dazunehmt, sind es sogar fünf. Mehr als genug Arme, um diesem feinen Herrn Domspatz mal auf die Sprünge zu helfen."

Costa trat mit einem Tablett Ouzo an ihren Tisch.

„Mundet es Ihnen, meine Dame?"

„Is lecker", schmatzte Else mit vollem Mund. „Bisschen viel Sahne vielleicht. Aber lecker."

„Das freut mich." Costa hatte offenbar die letzten Fetzen ihrer Unterhaltung aufgeschnappt.

„Was genau ist das: ein Domspatz?"

„Eigentlich ist das ein Vogel", erklärte Hermann. „Umgangssprachlich aber ein kleiner Junge, der in einem berühmten Kirchenchor singt. In diesem speziellen Falle aber reden wir über einen Mann, der eine sehr hohe Stimme hat. Andis Chef im Möbellager."

„Ach", sagte Costa. „Herr Busch? Den kenne ich. Kommt jeden Dienstag. Immer unhöflich. Immer 19 Uhr. Sitzt hier vorne, isst Souflaki. Gibt nie Trinkgeld."

Plötzlich kam Hermann eine Idee.

„Gut zu wissen", sagte er lächelnd.

Hermann erhob das Ouzo-Glas, und zum ersten Mal an diesem Abend hob auch Andi den Blick, um mit seinen Eltern anzustoßen.

Kapitel 21 – Der apokalyptische Reiner

Am nächsten Tag fanden sich alle seine Kumpels um Punkt 18 Uhr beim Griechen ein. Kein Wunder, dachte Hermann. Gibt ja was umsonst.

„Dass ich das noch erleben darf", frohlockte der Schwatte und schlug Hermann auf die Schulter. „Dass du uns zu Lebzeiten noch mal zum Essen einlädst, Sikorra. Das hätte ich nicht gedacht." Hermann stellte fest, dass es das allererste Mal war, dass er den Schwatten ohne seinen grauen Hausmeisterkittel sah. Für diesen besonderen Anlass hatte er sich schick gemacht: die verbliebenen Haare streng über die Glatze gescheitelt, dazu eine graue Stoffhose, weiße Turnschuhe. Und ein seltsames T-Shirt: fleischfarben, mit einer Y-förmigen Naht auf der Vorderseite. Sieht aus wie eine frisch obduzierte Leiche, dachte Hermann, sagte aber nichts.

Der Schwatte blickte sich in der Pommesbude um. „Und dann noch die feinste Adresse am Platze! Wie kommst du denn auf das schmale Brett, Sikorra? Hast du Geburtstag?"

„Nicht ganz", antwortete Hermann. Er winkte den mittleren Costa heran, den er schon am Abend zuvor in seinen Plan eingeweiht hatte. Der mittlere Costa brachte vier Bier, vier Ouzo und vier Saloniki-Teller.

Während sich seine Freunde die Bäuche vollschlugen, erläuterte Hermann ihnen die Hintergründe dieses außerplanmäßigen Treffens. Er erzählte ihnen Andis komplette Geschichte. Nur den Teil mit dem Bankraub ließ er weg. Tut nichts zur Sache, dachte Hermann.

Kalle und der Schwatte lauschten gebannt, der Moneymaker schüttelt immer wieder ungläubig seinen massigen Schädel.

„So ein Schwein", schimpfte er, als Hermann fertig war. „Was
sollen wir machen? Ihn vermöbeln? Ihn ins Klo stecken? Water-
boarding im Pissoir?"

„Nein", sagte Hermann, „keine Gewalt. Damit ist niemandem
geholfen, da würden wir uns nur selbst strafbar machen. Dann
steht seine Erpressung gegen unsere gemeinschaftliche Körperverletzung. Ich habe eine bessere Idee. Ich baue auf die Macht des
Wortes. Und ein bisschen vielleicht auch auf die des Alkohols."

In den folgenden zehn Minuten erklärte Hermann seinen Freunden, wie der Abend ablaufen sollte. Am Schluss blickte er zufrieden lächelnd in die Runde.

„Könnte klappen", sagte der Schwatte.

„Wird schon schiefgehen", sagte der Moneymaker.

„Ist er das?", fragte Kalle mit leiser Stimme, als sich um Punkt 19
Uhr die Tür öffnete. „Könnte er sein. Sieht seinem Alten jedenfalls
ziemlich ähnlich."

Ein schmaler, kleiner Mann betrat die Pommesbude. Dunkle, kalte
Schweinsäuglein blitzten in seinem hageren Gesicht. Hermann
suchte den Blick des mittleren Costa, fand ihn an der Fritteuse.
Costa nickte fast unmerklich.

Das war er also. Herrbusch, live und in Farbe.

Nun denn, dachte Hermann. Lasst die Spiele beginnen.

„Einmal wie immer?", fragte Costa den kleinen Mann.

„Aber zack, zack!", fiepste der Mann zurück.

„Kommt sofort. Sie sitzen wie immer am Fenster, nehme ich an?"

Ohne zu antworten, steuerte Herrbusch auf einen Vierertisch am Fenster zu und setzte sich. Das war Kalles Zeichen. Er schnappte sich seine Bierflasche, stand auf, lief ein paar Schritte in Herrbuschs Richtung, um dann, wie vom Donner gerührt, mitten in der Pommesbude stehen zu bleiben.

„Gibbet doch gar nich!", polterte Kalle los. „Bist du ...? Du bist doch ...! Aber klar! Mensch, Matze! Matze Busch!" Mit ausgebreiteten Armen schritt Kalle auf Herrbuschs Tisch zu.

„Meine Fresse, Matzilein. Was bist du groß geworden! Als ich dich das letzte Mal gesehen habe, da warst du ... so vielleicht!" Kalle streckte seine eine Hand auf Höhe der Tischplatte aus. „Mann, Mann, Matzi-Spatzi, was is das schön. Komm an meine Brust! Erinnerst du dich? Ich bin's! Kalle! Der Kallemann! Der Einmotorige! Der einarmige Bandit! Karlheinz Schulz, Schulfreund deines Herrn Papa, Gott habe ihn selig. Mann, wie ich den vermisse!"

Herrbusch schien völlig überrumpelt. Unaufgefordert setzte sich Kalle an seinen Tisch.

„Das Leben ist voller wunderbarer Zufälle, oder? Wie geht dir das denn? Mensch, dass wir uns hier treffen. Das muss doch gefeiert werden!"

Kalle drehte sich zu Hermann und den anderen um. „Jungs, kommt mal rüber jetzt hier, der Matze ist da! Matze Busch, der Sohn vom alten Adi Busch! Himmelherrgott noch mal, dich hab ich ja seit Jahren nicht gesehen! Maaaathiaaaas. Junge, Junge. Ganz der Papa!" Kalle wuschelte Herrbusch durchs Haar, wie man es bei kleinen Kindern tut. Herrbusch blickte Kalle mit meiner Mischung aus Unsicherheit und Entsetzen an. Er weiß überhaupt nicht, wo er den guten alten Kalle hinstecken soll, dachte Hermann. Läuft gut für uns. Guter Kalle.

Ehe Herrbusch etwas erwidern konnte, zwängten sich drei weitere ältere Herren an seinen Tisch. Der Moneymaker presste seine 160 Kilo auf die Bank neben Herrbusch, der damit zwischen Fenster, Tisch und dem Moneymaker gefangen war. Der mittlere Costa brachte Pils und eine Doppelrunde Ouzo. Sehr gut, dachte Hermann. Jetzt haben wir ihn genau da, wo wir ihn haben wollen.

„Darf ich dir meine Kumpels vorstellen, Matzemann? Das hier ist … äh … der Schwatte."

Der Schwatte nickte zur Begrüßung: „Gestatten, Reiner Kaczmarek. Freut mich. Kannst Reiner zu mir sagen. Oder Schwatten, wie alle meine Freunde. Früher nannte man mich den ‚apokalyptischen Reiner'. Fand ich sehr gut. Hat sich aber irgendwie ausgeschlichen über die Jahre."

Hermann blickte den Schwatten staunend an. Reiner Kaczmarek? Wäre das also auch mal geklärt. Apokalyptischer Reiner? Guter Spitzname. Viel besser eigentlich als Schwatten.

„Und ich bin der Moneymaker", sagte der Moneymaker. „Kennst mich vielleicht noch als Manfred Macha. Ich war mal Profi bei Rot-Weiß Essen. Trainer auch. Präsident. Ich trete aber heutzutage lieber unter meinem Spitznamen auf. Damit die Fans mich nicht immer anquatschen."

„Und der hier", sagte Kalle, „das ist mein lieber Freund Sik…"

„Hermann!", fiel Hermann seinem Kumpel ins Wort. „Einfach Hermann. Reicht für Freunde."

Kalle erhob das Glas. „Darauf trinken wir!"

Die Überraschung in Herrbuschs Blick war einer gewissen Skepsis gewichen.

„Eigentlich trinke ich unter der Woche nicht", fistelte er. „Und harten Alkohol vertrage ich nicht so gut."

„Erstens ist heute Feiertag", polterte Kalle. „Wir feiern heute, dass wir uns wieder getroffen haben. Zweitens hat mir mein Freund Costa hier versichert, dass das ein ganz weicher Ouzo ist. Ganz mild im Abgang. Nur für seine guten Freunde, alles andere als hart. Und drittens: Du bist doch nicht mehr der Milchbubi, der du damals warst, oder? Ich würde ja deinen Papa fragen, ob er dir das Schnäpschen hier erlaubt. Aber das geht ja nun leider nicht mehr, Gott hab ihn selig. Oder hat er etwa ein Weichei großgezogen?"

Damit hatte Kalle offenbar einen wunden Punkt getroffen. Herrbusch stürzte den Ouzo hinunter und den zweiten gleich hinterher. Kaum hatte er das Pinnchen geleert, stand Costa mit der nächsten Doppelrunde am Tisch. Er achtete sehr genau darauf, welche zwei Gläser er Herrbusch hinstellte. „Die gehen auf Haus", sagte der mittlere Costa, „weil Souflaki noch bisschen dauert."

„Darauf trinken wir!", rief Kalle, und die dritte Runde Kurze war geleert. „Prost", rief Hermann, setzte den vierte Kurzen an und stellte fest, dass sich das Wasser in seinem Pinnchen weitaus einfacher wegbechern ließ als der Ouzo in Runde eins. Er blickte sich um. Der Moneymaker und der Schwatte lächelten verschwörerisch. Kalle schüttelte sich theatralisch, Herrbusch schien kurz zu würgen. Läuft, dachte Hermann. Läuft gut.

Eine gute Stunde später war noch immer kein Souflaki gekommen. Das war nicht weiter schlimm, auf dem Tisch war vor lauter leeren Pinnchen ohnehin kein Platz mehr, und Herrbusch schien an Nahrungsaufnahme nicht mehr interessiert. Während Kalle eine frei erfundene Erinnerung an Adi Herrbusch, Gott hab ihn selig, nach der anderen abfeuerte, schien der Chef des Möbellagers zu versuchen, seinen Blick auf das vor ihm stehende Bier scharf zu stellen. Mit diebischer Freude sah Hermann, dass ihm das nicht mehr gelang. Der mittlere Costa brachte wie vereinbart alle sieben Minuten vier neue Pinnchen mit Wasser und eines mit Ouzo. Bei jeder Runde war blitzschnell ein Anlass gefunden, auf den man nun eiligst trinken müsse: Auf Matzilein! Auf Kallemann! Auf die Gesundheit, die Kindheit, die Freundschaft, auf Vorwärts 08, Schalke 04 und Rot-Weiß-Essen, auf Adi Herrbusch und darauf, dass Gott ihn selig haben möge. Anfänglich hatte Herrbusch noch vorsichtig protestiert, mittlerweile kippte er einfach weg, was ihm Costa vor die Nase stellte.

Irgendwann schienen Kalle keine Räuberpistolen mehr einzufallen. Vorsichtig lenkte er das Gespräch in andere Bahnen.

„Habe ich dir erzählt, dass ich Schiedsrichter bin, Matzilein? Also nicht professionell jetzt. Nicht Bundesliga oder so. Aber bei unserem Heimatclub, bei Vorwärts 08, da übernehme ich gern mal die Verantwortung. Da stelle ich mich dann aufs Feld und achte darauf, dass sich alle an die Regeln halten. Ich lege großen Wert auf Fair Play, verstehst du? Man muss streng sein, aber gerecht. Und manchmal, denke ich, muss man auch ein Auge zudrücken können."

Kalle machte eine dramatische Pause und blickte Herrbusch eindringlich an.

„Wie hältst du es denn mit Fairness und Gerechtigkeit, mein Matzemann?"

Herrbusch schien zunächst gar nicht zu merken, dass er angesprochen war. Die Erkenntnis brauchte ein paar Sekunden, um durch seine trunkenen Hirnwindungen zu sickern, dann sagte er:

„Hä?"

Kalle nahm noch einen Anlauf.

„Fairness. Gerechtigkeit. Ich denke, dass beide Prinzipien darauf
basieren, dass man nachvollziehbar straft. Ernste Vergehen sind
streng zu ahnden, kleinere Sünden sind lässlich. Wie siehst du
das?

Herrbusch blickte Kalle aus glasigen Augen an.

„Hä?"

Kalle versuchte es ein drittes Mal.

„Du bist doch Geschäftsführer eines kleinen kommunalen Betriebs,
wenn ich mich nicht irre. Als solcher hast du Personalverant-
wortung, vermute ich. Wie verfährst du, wenn sich einer deiner
Angestellten mal einen kleinen Fauxpas erlaubt? Du bist doch
bestimmt ein umgänglicher Typ, oder? Dein Vater war einer, Gott
hab ihn selig. Ein wirklich guter Kerl. Einer, der mit Menschen
konnte. Ein Kümmerer. Der für seine Leute einstand, auch mal ein
Auge zudrückte. Dafür haben ihn alle geliebt. Alle!"

Kalle machte eine kurze Pause, um zu schauen, ob seine Worte
zu Herrbusch durchdrangen. Jetzt oder nie, dachte Hermann. Alle
Karten sind ausgespielt. Plan A liegt auf dem Tisch. Mal sehen, ob
er aufgeht.

Weil Herrbusch nichts sagte, legte Kalle nach.

„Ich erinnere mich noch, es muss in der siebten Klasse gewesen
sein. Nein, in der achten! Ich hatte verschlafen und wahnsinnig
Schiss, dass der Lehrer mich vermöbelt. Und so wäre es wohl auch
gekommen. Der Lehrer, Zeisig hieß er oder so, hatte mich schon

übers Pult gelegt und den Rohrstock in der Hand. Da stand dein Vater auf und sagte ..."

„Mein Vater", lallte Herrbusch, der bis dahin ausdruckslos vor sich hin gestarrt hatte, „mein Vater war ein Arschloch." Er hob den Kopf, seine glasigen Schweinsäuglein waren urplötzlich voller Hass.

„Er. War. Ein. Aaaaarschloch." Herrbusch bemühte sich um eine deutliche Aussprache, bekam sie aber nicht mehr hin. „Ein Drecksack. Alle haben ihn geliebt. Alle fanden ihn sympathisch. Lieber Adi hier, toller Adi dort. Ich habe ihn gehasst dafür. Ich war immer nur Adi junior, der unbedingt so werden musste wie sein ach so wundervoller Vater. Aber ich konnte ihm nie das Wasser reichen. Ich blieb immer der kleine Adi, der nie so lustig war, nie so gesellig, nie so gut drauf. ,Ja, was hat er denn, der Kleine? Ja, was ist denn nur? Warum ist er denn so brummelig? Kommt gar nicht nach dir, was?' Das haben die Freunde meinen Alten immer gefragt. Ich sag euch, was ich hatte: Ich war der, den sie in der Schule in die Mülltonne steckten, weil er der Kleinste war. Ich war der, den die Weiber ausgelacht haben, weil seine Stimme so ... anders ist. Ich war der, den sie Pieps-Matze nannten."

Herrbusch blickte sich suchend auf dem Tisch um, griff sich das vor Hermann stehende Bier und trank es aus. Er rülpste, dann redete er weiter.

„Wollt ihr wissen, was ich mir damals geschworen habe? Ich habe mir geschworen, dass ich darauf scheiße, was die Menschen von mir denken. Ich habe mir geschworen, dass ich Karriere machen werde. Dass ich Untergebene haben werde. Und dass ich sie dann unterjochen werde. Sie dafür büßen lasse, was all die schönen, groß gewachsenen, normalen Kinder mir angetan haben. Ich habe mir geschworen, dass ich ein Schwein sein werde. Dass ich einen Dreck geben werde auf Regeln und Fairness. Dass ich meine eigenen Regeln machen werde und dass ich sie immer dann ändern werde, wenn meine Untergebenen glauben, dass sie die Regeln verstanden haben. Das habe ich mir geschworen. Und wisst ihr was? Ich habe es geschafft. Mir kann keiner was! Ich scheiße größere Haufen als ihr alle zusammen!"

„Mein Gott", murmelte Kalle ungläubig.

„Mit Gott hat das nichts zu tun!", brüllte Herrbusch. Im Laufe seiner Hasstirade war er immer lauter geworden. Nun stand ein irres Grinsen in seinem Gesicht.

„Wenn überhaupt, dann bin ICH Gott! Ich werde euch mal ein kleines Beispiel geben. Einer meiner Sklaven, wie ich sie zu nennen pflege, ist so ein Freak, der Sozialstunden machen muss. Ein guter Typ vermutlich, einer mit vielen Freunden und Schlag bei den Weibern. Wie sehr ich den hasse. Er hat mich angerufen und mich vollgeschleimt. Ob ich nicht bitte, bitte einen Job für ihn hätte. Aber dann ..." – Herrbusch grinste böse – „... dann hat er einen Fehler gemacht. Einen kleinen nur, aber einen, den ich ihm nicht verzeihen werde. Niemals. Ich habe schon am Telefon beschlossen, dass ich ihn an seinen Eiern aufhängen, schächten und ausbluten lassen werden. Komme, was da wolle. Er hat sich ziemlich lange ziemlich gut geschlagen, ist über jedes Stöckchen gesprungen, das ich ihm hingehalten habe. Er hat sich bei der Arbeit richtig Mühe gegeben. Und ich habe mir richtig Mühe gegeben, ihn zu brechen. Aber er ist zäh. Er kann einstecken."

Costa trat mit einer neuen Runde an den Tisch. Herrbusch riss ihm ein Glas aus der Hand, soff es aus und lallte weiter.

„Aber dann, meine Lieben, dann hatte der Herrgott ein Einsehen. Er ließ meinen Sklaven einen weiteren Fehler machen. Und jetzt habe ich ihn genau dort, wo ich ihn haben will. Jetzt gehört er mir. Er hat Angst, dass ich seine Bewährung platzen lasse und er dann in den Knast muss. Soll ich euch was verraten? Ich denke nicht daran. Zumindest noch nicht. Er wird mir noch sehr, sehr viele Gefallen tun in nächster Zeit. Diese Gefallen werden immer schlimmer werden, immer demütigender. Er wird büßen für jeden Einzelnen, der mich je gedemütigt hat. Er wird Scheiße fressen, jeden noch so großen Haufen, den ich auf sein Tellerchen mache. Und die Haufen werden jeden Tag ein Stückchen größer werden. Das mache ich so lange, bis ich ihn endlich gebrochen habe. Bis er im Staub vor mir liegt und um Gnade winselt. Und wisst ihr, was ich dann mache? Dann schicke ich ihn in den Knast. Und lache mich dabei kaputt."

Herrbusch brach in ein wahnsinniges, besoffenes Gelächter aus. Hermann spürte, wie sich seine Nackenhaare aufstellten. Der ist verrückt, dachte Hermann. Der hat völlig den Verstand verloren. Mit dem kann man nicht mehr reden. Bei dem ist obenrum keiner mehr zu Hause.

Hermann blickte in die Runde. Der Moneymaker starrte Herrbusch mit offenem Mund an. Der Schwatte presste die Lippen aufeinander, Kalle massierte seine Schläfen. Seine Freunde waren offenbar zur selben Erkenntnis gelangt wie er.

Okay, dachte Hermann. Die Karten sind gespielt, das Spiel ist verloren. Die Macht des gut gemeinten Wortes vermag Herrbusch nicht mehr zu erreichen. Plan A ist tot. Lang lebe Plan B! Sie mussten jetzt einen Zahn zulegen. Hermann drehte sich zur Theke.

„Costa, machst du uns noch mal 'ne Runde, bitte?"

Sie verschärften jetzt das Tempo. Niemand redete mehr, auch für Trinksprüche blieb zwischen den Runden keine Zeit. Das Gelage wirkte jetzt wie ein kranker Sport, bei dem keiner verlieren wollte. Herrbusch jagte sich Ouzo um Ouzo in den Hals, als wollte er seinem verhassten Vater mit jedem einzelnen Glas beweisen, was für ein harter Kerl er war. Nur weiter so, dachte Hermann. Gleich hab ich dich.

Und tatsächlich: Eine knappe halbe Stunde nach seinem hasserfüllten Monolog knallte Herrbusch das wer weiß wievielte Pinnchen auf den Tisch, machte ein Geräusch wie ein kaputter Rasenmäher, schüttelte sich und sagte zum Moneymaker:

„Lassmaraus. Mussmaklo."

Schwer ächzend erhob sich der Moneymaker. Beim Aufstehen fiel Herrbusch fast von der Bank, mit der linken Hand schmiss er ein paar leere Gläser vom Tisch. Er prallte gegen den mächtigen Bauch des Moneymakers, schmiegte sich kurz daran und richtete sich dann auf.

„Woissasklonomma?"

Der Moneymaker geleitete Herrbusch auf den ersten Schritten Richtung Herren-WC, bis er sicher sein konnte, dass der Chef des Möbellagers genug Fahrt aufgenommen hatte, um den Rest des Weges allein zu schaffen.

Am Tisch steckten Hermann und seine Freunde die Köpfe zusammen.

„Leck mich fett, Sikorra", sagte der Schwatte. „So viel Wasser habe ich nicht mehr gesoffen, seit ich das Seepferdchen gemacht habe!"

„Tut dir mal ganz gut", sagte Hermann. „Zur Sache: Plan A hat, wie ihr alle sicher bemerkt habt, nicht funktioniert. Dabei hat Kalle alles gegeben. Das macht aber nichts, denn Plan B ist in vollem Gange und läuft wie erhofft. Wir müssen jetzt schnell handeln.

Moneymaker, Kalle, ihr haltet die Stellung. Trinkt einen richtigen Ouzo, den habt ihr euch verdient. Schwatten, du kommst mit mir. Vergiss den Besen nicht! Oder soll ich ‚apokalyptischer Reiner‘ sagen?"

„Gut, ne?", feixte der Schwatte, schnappte sich den neben der Eingangstür stehenden Besen und folgte Herrbusch gemeinsam mit Hermann auf die Toilette.

Auf dem Herrenklo stank es nach halb verdautem Essen und frischer Gallenflüssigkeit. Aus der einzigen verschlossenen Kabine hörten Hermann und der Schwatte die unverkennbaren Geräusche eines Menschen, der sich den Inhalt seines Magens noch einmal durch den Kopf gehen ließ.

Leise stellte der Schwatte den Besen unter die Klinke der Kabinentür und blockierte sie damit. Aus der Kabine erklangen polternde Geräusche. Offenbar verlor Herrbusch beim Aufrichten das Gleichgewicht und knallte vor den Spülkasten.

„Sssssscheise", murmelte es aus der Kabine, „vefluchdescheise." Herrbusch entriegelte die Tür und drückte die Klinke, doch die ließ sich keinen Millimeter bewegen.

„Wasissasenjetzfürnessscheise", zeterte Herrbusch hinter der blockierten Tür, „wassollasdennjetz?" Hermann und der Schwatte lächelten zufrieden, schlichen leise aus dem Herrenklo und gingen zurück an den Tisch.

„Und?"

Kalle schaute sie erwartungsvoll an. Der Moneymaker hatte sich nach getaner Arbeit noch schnell ein Gyros-Pita zur Belohnung bestellt und kaute darauf herum.

„Ist der Spinne eine Fliege ins Netz gegangen?"

„Die Fliege sitzt in der Falle", sagte Hermann und lächelte. „Lassen wir ihr nun etwas Zeit, sich zu beruhigen."

In aller Ruhe tranken die Männer ein Bier und besprachen des Geschehene.

„Mit Soziopathen kann man nicht verhandeln", urteilte der Schwatte. „Und der Typ da im Klo ist ganz offensichtlich ein Soziopath."

„Ich hätte Andi niemals diesen Job empfohlen, wenn ich geahnt hätte, dass der kleine Busch irre ist", sagte Kalle. „Dass der aber auch so gar nichts vom alten Busch hat!"

„Gott hab ihn selig", murmelte der Moneymaker mampfend.

„Eines hast du uns aber noch nicht verraten, Sikorra", sagte der Schwatte neugierig. „Wie geht denn dein großartiger Plan jetzt zu Ende?"

Hermann lächelte wissend.

„Das werdet ihr in den nächsten 30 Minuten sehen. Kalle, hast du deinen Fotoapparat dabei?"

„Klar", sagte Kalle, „wie besprochen."

„Gut, dann folgt nun die letzte Phase von Plan B."

Hermann erhob sich und ging zurück zum Herrenklo. Er lauschte an der Tür, hörte aber nichts. Vorsichtig schob er die Tür auf. Das Licht, das sich automatisch abschaltete, wenn der Sensor fünf Minuten lang keine Bewegung registrierte, war aus. Es flackerte auf, als Hermann die Toilette betrat. Einen Moment lang hielt er inne und lauschte. Aus der blockierten Kabine klang ein deutlich vernehmbares Schnarchen. Hermann ging in die Knie und spähte durch den Spalt unter der Tür hindurch. Herrbusch war neben der Kloschüssel zur Seite gesackt. Er schlief tief und fest. Bingo, dachte Hermann. Vorsichtig entfernte er den Besen, dann lief er eilig zurück zu seinen Freunden.

„Achtung, Männer!", rief er, noch bevor er den Tisch erreichte. Hermann griff alle Jacken von der Garderobe und warf sie auf den Tisch. „Feierabend! Alle raus hier, aber geschwind!" Der Moneymaker, noch immer kauend, wollte protestieren, doch Hermann schob ihn bereits Richtung Tür. „Nimm mit den Rest. Kannst du draußen essen. Da bleiben wir noch ein bisschen stehen." Ein wenig verdutzt folgten Kalle und der Schwatte Hermanns Anweisungen, zogen ihre Jacken an und liefen zur Tür.

„Keine Fragen jetzt!", ordnete Hermann im Gehen an. „Es wird sich gleich alles aufklären."

Costa, der als Einziger in den gesamten Plan eingeweiht war, hatte die Beleuchtung bereits ausgeschaltet und den Schlüssel in der Hand.

„Alles zu, Chef?", fragte Hermann, als sie vor der Tür standen.

„Alles zu", versicherte Costa lächelnd.

Dann schloss er die Ladentür von außen ab.

„Aber Busch ist doch noch drin", sagte der Moneymaker.

„Korrekt bemerkt", sagte Hermann. „Das ist der berühmte Sinn der Sache."

Kalle schien es zu dämmern.

„Sikorra, du verdammter Fuchs! Was für ein teuflischer Plan. Teuflisch, aber gut."

Hermann lächelte.

„Kalle, du bist ein helles Köpfchen. Ich schlage vor, dass wir da drüben, auf der anderen Straßenseite, hinter dem Stromkasten Position beziehen. Von dort aus lässt sich der letzte Akt dieses kleinen Spektakels perfekt überblicken, ohne dass uns der Hauptdarsteller sehen kann."

„Und was ist, wenn er in seinem Klohäuschen bis morgen früh durchpennt?"

„Wird er nicht", sagte Hermann. „Hast du das Telefon laut gestellt, Costa?"

„Hab ich."

„Na dann." Hermann zückte sein Handy und wählte. Nach ein paar Sekunden war das grelle Klingeln des Telefons in der dunklen Pommesbude bis auf die andere Straßenseite zu hören. Hermann ließ es zwei Minuten lang durchklingeln, dann legte er auf.

„Das sollte reichen, denke ich. Kalle, mach die Kamera klar!"

Es dauerte drei, vier Minuten, dann tauchte Herrbusch auf der anderen Seite der verschlossenen Eingangstür auf. Sein Haar war völlig zerzaust. Er rüttelte an der verschlossenen Tür, trommelte mit den Fäusten dagegen, lief hektisch an der Fensterfront hin und her. Er verliert jetzt schon die Nerven, dachte Hermann. Das ist ja einfach. Na warte, einen habe ich noch.

„Costa, der Alarm bitte."

Nun zückte Costa sein Telefon, öffnete eine App, gab einen Code ein und drückte einen roten Knopf. Eine Sekunde später jaulte die Alarmanlage der Pommesbude auf, ohrenbetäubender Krach dröhnte durch die Straße. Costa hielt den anderen das Telefon hin.

„Guckt hier, Zum-Grieche-TV!"

Auf dem Display waren die Bilder der Überwachungskamera zu sehen, die im Verkaufsraum des Imbisses installiert war. In grobkörnigem Schwarz-Weiß sah man Herrbuschs Silhouette panisch auf und ab huschen. Dann ergriff die Silhouette einen Barhocker und warf ihn durch die gläserne Eingangstür. Das Klirren der Scheibe übertönte einen Moment lang das Jaulen der Alarmanlage. Von ihrem Platz hinter dem Stromkasten sahen die Männer, wie Hocker und Scherben auf den Gehsteig prasselten und Herrbusch sich durch die zersplitterte Tür nach draußen zwängte.

„Feuer frei, Kalle!", zischte Hermann.

Kalle ließ den Auslöser seiner Spiegelreflexkamera rattern, als sei er ein Sportfotograf, der gerade das Tor des Monats festhält. Hermann war so fixiert auf Herrbuschs Ausbruch, dass er die Frau, die sich auf der anderen Straßenseite der Pommesbude näherte, erst bemerkte, als sie nur noch ein paar Schritte entfernt war. Sie trug eine Glitzerjacke und eine bizarr auftoupierte Frisur.

Bisschen Pflaume, bisschen Schmeißfliege, dachte Hermann. Dann dämmerte es ihm.

Ach die! Ausgerechnet jetzt! Wie wunderbar! Was für ein großartiger Zufall! Eine Zeugin!

Jetzt hatte auch Kalle seine Ex gesehen. „Rosa!", stieß er hervor.

„Ach, du Scheiße. Auf die hab ich jetzt überhaupt keinen Bock." Er duckte sich hinter den Stromkasten.

Ach guck, dachte Hermann. Rosa! Wäre das auch geklärt.

Die Frau, die also weder Rosi noch Rose hieß, hatte sowieso keinen Blick übrig für das seltsame Grüppchen von älteren Herren, das sich auf der anderen Straßenseite zu verstecken versuchte. Sie war voll und ganz auf die heulende Pommesbude fixiert, auf die Scherben auf dem Gehweg und auf die Gestalt, die gerade aus der zerstörten Eingangstür gestolpert kam.

„Hallo mal! Hallo!", rief sie Herrbusch zu.

„Hallo mal! Was machen Sie denn da?"

Herrbusch blickte in ihre Richtung, das Entsetzen in seinem Blick war noch auf der anderen Straßenseite zu erkennen. Einen Moment lang schien er seine Möglichkeiten abzuwägen.

Dann rannte er davon.

„Halt!", rief ihm Rosa hinterher. „Stehen bleiben! Haltet den Dieb! Einbrecher! So rufe doch jemand die Polizei!" Doch da war Herrbusch schon hinter der nächsten Straßenecke verschwunden.

Costa schaltete am schnellsten. Mit der App stellte er die Alarmanlage ab und eilte über die Straße.

„Ist der Einbrecher schon weg?"

„Er ist gerade um die Ecke!", schimpfte Rosa empört. „Wir müssen die Polizei rufen! Vielleicht kriegen sie ihn noch."

„Keine Sorge, Gnädigste", beschwichtigte Costa die Frau mit den seltsamen Haaren. „Ich bin der Gastwirt dieses Restaurants. Meine Alarmanlage hat mir fernmündlich den Einbruchsversuch gemeldet. Ich bin hergeeilt, so schnell ich konnte. Die Polizei ist bereits informiert. Darf ich Sie derweil auf einen kleinen Ouzo einladen?"

Kapitel 22 – Bumser

Nicht jetzt, dachte Hermann. Nicht hier.

Er zerrte Osama von der kümmerlichen Birke weg, die aus dem Gehweg vor dem Möbellager wuchs. Der Hund quiekte jämmerlich und kläffte zweimal heiser. Ihm schien überhaupt nicht zu behagen, dass ihn Hermann seit 20 Minuten daran hinderte, sein Morgengeschäft zu verrichten.

„Gleich", flüsterte Hermann dem Chihuahua zu, „nur noch ein paar Meter. Das schaffst du. Guter Hund."

Amüsiert stellte Hermann fest, dass es vermutlich das erste Mal gewesen war, dass er sich auf das Gassigehen gefreut hatte, obwohl der Weg nicht am Fußballplatz entlangführte. Else, der er noch in der Nacht brühwarm vom Gelingen seines ausgefuchsten Planes zur Rettung ihres Sohnes erzählt hatte, war zunächst skeptisch, als er den Hund am Morgen danach zum Showdown im Möbellager mitnehmen wollte.

„Na gut", sagte sie nach einigem Abwägen, „vielleicht kann er ein bisschen auf dich aufpassen, wenn der Typ dir an die Wäsche will. Oskar ist guter Wachhund!"

Was genau er mit Osama vorhatte, das verriet Hermann seiner Liebsten nicht.

Pünktlich zur Ladenöffnung um neun Uhr stand Hermann im Drogeriemarkt, um die Fotos aus Kalles Kamera auszudrucken. Sehr schön, dachte er, als er die Abzüge in der Hand hielt, gestochen scharf. Sieh mal an, der Kallemann. Ist ein Fotograf an ihm verloren gegangen!

Es war 9.30 Uhr, als Hermann und Osama auf den Hof des Möbellagers spazierten. Andi, der heute natürlich nicht zur Arbeit erschienen war, hatte ihm erzählt, dass das eine gute Zeit sei. Die Möbelwagen waren schon unterwegs, das Lager für Kundenverkehr noch nicht geöffnet. Herrbusch würde allein sein. Das war gut. Sie hatten ja einiges zu besprechen.

Durch das Fenster zum Hof warf Hermann einen Blick in das Büro. Der Ledersessel hinter dem Schreibtisch war leer. Das Tor zur Möbelhalle stand weit offen. Hinten in der Ecke sah Hermann zwei Beine über die Lehne eines Sofas ragen. Dort hatte es sich Herrbusch offenbar bequem gemacht. Hoppla, dachte Hermann, wenn da mal nicht jemand einen kleinen Kater hat! Ein diabolisches Grinsen schlich sich in sein Gesicht. Er stellte sich in das Tor der Halle und räusperte sich laut.

„Is noch geschlossen", krächzte eine schwache Stimme hinter der Sofalehne. „Gehen Sie weg!"

Hermann tat so, als hätte er das Stimmchen nicht gehört.

„Hallo", rief er in die Möbelhalle. „Hallo? Ist hier jemand?"

„IS NOCH ZU", krächzte die Stimme jetzt etwas lauter. „SIE SOLLEN ABHAUEN!"

Oha, dachte Hermann. Da ist aber jemand gar nicht gut beisammen. Er legte nach.

„Hallo? Ich habe Sie jetzt nicht verstanden. Wo sind Sie denn überhaupt?" Gleichzeitig klopfte er mit der Hand auf den Sessel einer Chesterfield-Garnitur, die neben dem Eingang ausgestellt war, und deutete Osama so an, dass er hinaufspringen sollte. Der Hund legte den Kopf schräg. Komm schon, dachte Hermann. Das ist deine Chance. Auch wenn du zu Hause nie aufs Sofa darfst, heute ist eine Ausnahme. Heute ist Feiertag. Für dich. Und mich. Für Herrbusch eher nicht.

Der Chihuahua hüpfte auf den Sessel und trat dort unruhig von einem Bein aufs andere.

„Jetzt leck mich doch ...", schimpfte das Stimmchen hinter der Sofalehne hervor.

Herrbusch richtete sich auf und nahm den Waschlappen, den er vor seine Stirn gepresst hatte, herunter. Mit zusammengekniffenen Augen spähte er Richtung Tür und schimpfte los.

„Was ist los, du Spinner? Bist du taub? Ich habe gesagt: Es ist noch zu! Closed! Cerrado! Chiuso! Oder was auch immer du für eine Bimbosprache sprichst! Hau ab!"

Dann sah er den Hund.

„Und Köter sind hier erst recht verboten! Runter von dem Polstermöbel, du Scheißvieh! Raus mit der Töle! Raus mit dir! Verschwindet, ihr Asis! Und kommt bloß nicht wieder! Sonst ..."

Erst jetzt schien Herrbusch zu dämmern, dass er den Besucher kannte. Er hielt inne.

Komm schon, dachte Hermann, streng dich an! Wer bin ich? Erinnerst du dich? Weißt du nicht, wo du mich hinstecken sollst? Ist doch noch nicht so lange her. Okay, ich gebe dir einen Tipp.

„Guten Morgen, Matzi-Spatzi", sagte er und lächelte.

„Was soll das?", presste Herrbusch leise hervor. „Du bist doch einer von den bekloppten Alten von gestern Abend. Was willst du hier?"

Hermann verschränkte die Arme vor der Brust.

„Weißt du nicht mehr, wie ich heiße, Matzilein?"

Herrbusch überlegte. Man sieht ihm an, dass ihm das Nachdenken Schmerzen bereitet, dachte Hermann. Wie schön!

„Was weiß ich", stotterte Herrbusch verärgert. „Manni? Ach nee, das war der Fettsack. Helmut? Herbert? Meine Erinnerung an gestern Abend ist etwas … fahrig."

„Dann werde ich dir mal auf die Sprünge helfen", sagte Hermann.

„Mein Name ist Hermann. Hermann Sikorra, um genau zu sein."

„Sik…?"

Herrbusch sah aus, als hätte er ein Gespenst gesehen. Das letzte bisschen Farbe wich aus seinem ohnehin schon fahlen Gesicht. Er griff nach einer Stuhllehne und hielt sich daran fest.

„Sikorra, genau. Ich sehe mit großer Freude, dass dir ein Licht aufgeht, Freundchen. Das ist schön. Ich habe nämlich etwas Geschäftliches mit dir zu besprechen. Es geht, wie du dir vielleicht vorstellen kannst, um einen Menschen, der ebenfalls Sikorra heißt. Um meinen Sohn Andi, um genau zu sein. Den kennst du ja recht gut."

Hermann kramte in der Innentasche seiner Lederweste, zog einen Umschlag hervor, nahm ein Schwarz-Weiß-Foto heraus und hielt es Herrbusch hin.

„Und es geht um noch etwas. Darum, was du letzte Nacht getan hast."

CORRECTIV

Auf dem Foto war deutlich zu erkennen, wie sich Herrbusch durch die zerplatzte Eingangstür des Imbisses Zum Grieche zwängte.

Herrbuschs Knie gaben nach. Er sackte zusammen, ließ sich ächzend auf einen Bürostuhl fallen.

In diesem Moment begann Osama, auf den Sessel zu pissen.

„Hoppla", sagte Hermann, „so ein dummes Missgeschick. Na ja, ist vermutlich nicht weiter schlimm. Herrbusch hier wird dir bestimmt nicht böse sein, lieber Osama."

Er blickte Herrbusch böse lächelnd an.

„Ich gehe doch recht in dieser Annahme, oder?"

Herrbusch jaulte auf wie ein getretener Hund.

„Du Drecksau", stöhnte er, „du gemeine, widerliche Drecksau. Ihr habt mir eine Falle gestellt! Das weiß ich genau!"

„Zunächst einmal", erwiderte Hermann und betrachtete das Foto noch etwas genauer, „solltest du dich in deiner Wortwahl etwas mäßigen. Fortan werde ich für dich nicht Drecksau und du sein, sondern Herr Sikorra und Sie. So viel Zeit muss sein. Und mein Sohn Andi, der wird für dich auch der Herr Sikorra sein. Herr Sikorra junior."

Hermann schwenkte das Foto hin und her.

„Ich werde dir nun drei Dinge sagen. Zunächst werde ich dir erklären, was wir hier auf diesem Foto sehen. Danach werde ich dir sagen, wie ich die Lage der Dinge betrachte. Und dann werde ich dir mitteilen, was du fortan tun wirst. Du wirst derweil artig dort sitzen und zuhören. Du wirst deine vorlaute Klappe halten und lauschen, was ich zu sagen habe. Solltest du eine Frage haben, wirst du aufzeigen. Wie in der Schule. Sollte ich Lust haben, meinen Vortrag zu unterbrechen, werde ich mir deine Frage anhören. Sollte ich keine Lust haben, merkst du dir die Frage einfach, bis ich fertig bin."

Hermann setzte sich auf das Zweiersofa neben dem vollgepissten Sessel und legte die Füße auf den Fliesentisch, der vor ihm stand.

„Punkt eins auf der Tagesordnung: Was sehen wir auf diesem Bild?"

Er hielt das Foto hoch. Herrbusch sagte nichts.

„Ich sage dir, was wir hier sehen. Wir sehen hier, wie ein dreister Einbrecher kurz nach Ladenschluss die Eingangstür der Speisegaststätte Zum Grieche an der Scharnhölzstraße eingeschlagen hat und nun dort einsteigt, um die Kasse auszuräumen."

„Aber ich ...", hob Herrbusch an.

Hermann blickte ihn streng an.

„Was hatten wir vereinbart?"

Herrbusch stöhnte wütend, dann hob er den Arm.

„Ja bitte? Du hast eine Nachfrage?"

„Ich bin nirgendwo eingebrochen. Wenn überhaupt, dann bin ich ausgebrochen. Mir ist irgendwie ..."

Herrbusch stockte.

„... ich weiß auch nicht, aber mir scheinen ein paar Minuten des Abends zu fehlen."

Er funkelte Hermann böse an.

„Das war eine Falle! Ihr habt mich abgefüllt, ihr Drecksä..."

Hermann hob die Augenbrauen. Herrbusch schnaubte.

„... Sie haben mich abgefüllt. Ich muss dann zur Toilette gegangen sein, ich weiß das nicht mehr so genau. Ich erinnere mich aber daran, wie ich im stockdunklen Klo aufgewacht bin. Ich bin dann da raus, aber im Gastraum war auch keiner mehr. Niemand! Auch kein Wirt! Ihr habt mich einfach zurückgelassen und eingeschlossen! Das ist Freiheitsberaubung!"

Hermann legte den Kopf schräg.

„Mein Gott", lenkte Herrbusch ein, „ist ja gut: SIE haben mich vergessen. Ich wollte ganz sicher nichts klauen. Ich wollte nur da raus! Aber es war alles abgeschlossen! Und dunkel!"

„Fertig?", fragte Hermann. „Gut, weiter im Text. Ich komme gleich auf deine Anmerkungen zurück, die natürlich vollkommen abwegig sind. Auf dem Foto ist nicht zu erkennen, ob da gerade jemand in die Abendgaststätte einsteigt oder ob er aus ihr herausklettert. Das ist auch nicht weiter wichtig. Denn, und da kommen wir nun zu Tagesordnungspunkt zwei, ich sehe die Dinge ein klein wenig anders als du. Und zwar so: Wir haben ein paar Bier und ein paar Ouzo getrunken, und du bist dann einfach verschwunden. Wir, das sind die Augenzeugen Karlheinz Schulz, Reiner Kaczmarek, Manfred Macha, Costa Gramatikopoulos II. und meine Wenigkeit. Wir haben uns noch gewundert, dass du nach einem so netten Abend einfach grußlos abgedampft bist. Aber na ja, so sind sie, die jungen Leute. Keine Manieren. Wir fanden es allerdings verwunderlich, dass du Herrn Gramatikopoulos zuvor ausgiebig nach seinen Umsätzen befragt hast, aber natürlich haben wir uns dabei nichts Böses gedacht. Ob du nun eingebrochen bist oder ausgebrochen, nachdem du dich zuvor absichtlich hast einschließen lassen, das vermag ich nicht zu beurteilen. Das steht mir auch nicht zu. Das wird Aufgabe der Staatsanwaltschaft sein."

Mit einiger Befriedigung sah Hermann, dass Herrbusch zu schwitzen begann.

„Was ebenfalls nicht zu deinen Angaben passt: Es wurde eine Geldkassette aufgebrochen, in die Herr Gramatikopoulos jeden Abend bei Ladenschluss die Tageseinnahmen zu legen pflegt. 2.500 Euro waren darin, vornehmlich kleine Scheine. Die Kassette ist nun leer. Das kann und wird Herr Gramatikopoulos II., der seine Bareinnahmen stets penibel zu notieren und versteuern pflegt, selbstverständlich auch so zu Protokoll geben. Der Versicherung hat er es natürlich bereits gemeldet. Und dann ist da noch etwas."

Nach diesem kleinen Bluff gönnte sich Hermann eine dramatische Pause. Natürlich fehlte keine Kohle, und natürlich würde der mittlere Costa vor Gericht nicht für ihn lügen. Aber, da war Hermann sicher, so weit würde es nicht kommen. Dafür war Herrbusch ein zu großer Schisser.

„Es hat sich eine Augenzeugin gemeldet. Offenbar geht sie jeden Abend zu später Stunde noch eine Runde in der Nähe des Tatortes spazieren. Sie hat jedenfalls gesehen, wie ein auffällig kleiner Mann aus dem Imbiss geklettert kam. Als sie ihn ansprach, flüchtete er. Das muss natürlich alles überhaupt nichts heißen. Wie gesagt: Es ist nicht meine Aufgabe, die vorliegende Beweislage zu bewerten. Es würde dann vermutlich auf eine Gegenüberstellung hinauslaufen. Da kannst du dann ja bestimmt alles aufklären."

Hermann sah, dass Herrbusch mit Tränen der Wut kämpfte.

„Hast du eine Frage, bevor wir zum abschließenden dritten Tages-ordnungspunkt kommen? Nicht? Gut."

Er nahm die Füße vom Tisch und beugte sich vor, um seinem Fazit mehr Eindringlichkeit zu verleihen.

„Es gibt also sechs Menschen, die dein Verhalten an diesem Abend nahezu lückenlos bezeugen können. Auf Einbruch stehen meinem juristischen Laienwissen nach bis zu zehn Jahre Knast. Du bist ja bestimmt ein unbescholtener Bürger, aber um einen Prozess wirst du vermutlich nicht herumkommen. Selbst wenn du da mit einer Bewährungsstrafe davonkommen und dem Knast entgehen soll-test – ohne Vorstrafe dürfte der Spaß kaum über die Bühne gehen. Und da frage ich mich nun, ob eine Vorstrafe und eine leitende Position in einem Wohlfahrtsverband harmonisch miteinander zu vereinbaren sind."

Hermann blickte Herrbusch nun direkt in die Augen.

„Hast du dazu Fragen oder Anmerkungen?"

Herrbusch zitterte vor Wut.

„Was willst du?"

Hermann zog die Augenbrauen hoch. „Wie heißt es korrekt?"

„Was wollen SIE?"

Hermann räusperte sich. „Erlaube mir zunächst, ein paar Worte über meinen Sohn zu verlieren. Andi. Ihr kennt euch ja. Andi ist ein guter Junge. Er hat ein gutes Herz. Ein Herz wie ein Bergwerk, wie wir hier zu sagen pflegen. Er ist ein bisschen sprunghaft und manchmal ein bisschen unausgeglichen, das schon, den geraden

Weg durchs Leben scheint er noch nicht gefunden zu haben. Aber am Ende des Tages will er immer nur das Beste."

Hermann lehnte sich zurück.

„Um unser Verhältnis zu verstehen, muss ich dir eine kleine Anekdote erzählen. Es ist ungefähr zehn Jahre her, da haben Andi und ich eines dieser Vater-Sohn-Gespräche geführt, die jeder kennt. Er hatte gerade eine Lehre geschmissen, es war die zweite oder dritte, diesmal Koch, wenn ich mich recht entsinne, und da habe ich ihn gefragt:

‚Andi, weißt du noch, was du werden wolltest, als du klein warst?‘

Er sagte: ‚Arzt, wie du.‘

Ich darauf: ‚Aber ich bin doch gar kein Arzt!‘

Er darauf: ‚Nee, aber du wolltest auch immer Arzt werden.‘

Dieser kleine Dialog hat mir die Augen geöffnet. Weißt du, ich habe 45 Jahre unter Tage gearbeitet. Ich war auf Zeche Prosper-Haniel, siebte Sohle, als Bumser. Weißt du, was das ist: ein Bumser? Ein Bumser ist ein ‚Berg- und Maschinenmann‘. Vortrieb und Kohlegewinnung. Transport und Instandhaltung. Das ist knüppelharte Arbeit, davon habt ihr jungen Leute heute keine Vorstellung mehr. Da macht man sich die Knochen kaputt, die Lunge und das Augenlicht, und dafür kassierte man damals acht Mark die Stunde. Ich will mich nicht beklagen, ich hatte ein schönes Leben, aber ich kann meinem Andi auch keinen Vorwurf machen, dass er sich nicht kaputtmalochen will. Dass er erst mal ausprobiert und schaut, was etwas für ihn ist. Und wenn es nix ist, dann hat er den Mut, es sein zu lassen. Auch wenn ich mir manchmal etwas mehr Durchhaltevermögen von Andi gewünscht hätte – ich glaube ja, dass er nie eine richtige Chance bekommen hat. Und dann kommt plötzlich noch so einer wie du um die Ecke."

Hermann deutete mit dem Zeigefinger auf den noch immer am Boden kauernden Herrbusch.

„Einer, der ihm das Arbeitsleben zur Hölle macht. Dabei hatte es Andi gerade begriffen! Von nix kommt nix! Ehrlich währt am längsten! Dieser Mist da vor Gericht, der hat ihm die Augen geöffnet. ‚Vatter', hat er gesagt, ‚das war der letzte Warnschuss. Das ziehe ich jetzt durch. Und dann mache ich was aus meinem Leben.' Er war endlich auf der richtigen Spur, und dann kommt so ein Arsch wie du und drängt ihn ab."

Hermann erhob sich und ging ein paar Schritte auf Herrbusch zu.

„Eigentlich hatte ich mir ja geschworen, in Andis Leben nicht mehr einzugreifen. Er ist jetzt 42 Jahre alt. Alt genug, seinen Mist allein zu regeln. Aber ich bin immer noch sein Vater, ich kann nun mal nicht aus meiner Haut. Wenn jemand meinen Jungen angreift, dann greift er auch mich an. Und dann setzen wir uns zur Wehr."

„Was wollen Sie?", flüsterte Herrbusch.

Sieh an, dachte Hermann. Er ist lernfähig.

„Das sage ich dir jetzt. Du wirst nun mit mir in dein Büro gehen. Dort wirst du Andis Akte aus dem Regal nehmen. Du wirst das Papier herausheften, auf dem du die abgeleisteten Sozialstunden vermerkst. Du wirst eintragen, dass Herr Andreas Hermann Sikorra die vom ehrenwerten Amtsrichter Spielkamp verordneten 400 Sozialstunden vollumfänglich und zu deiner vollsten Zufriedenheit abgeleistet hat. Dieses Papier wirst du unterzeichnen und mit dem Stempel des Möbellagers versehen. Dann wirst du es mir aushändigen, und ich werde es auf dem schnellsten Wege beim Amtsgericht einreichen."

„Ist das alles?", knurrte Herrbusch.

„Nein", sagte Hermann lächelnd. „Das ist noch nicht alles. Einen kleinen Gefallen wirst du mir darüber hinaus noch tun."

Kapitel 23 – Zwei Wunder

In den folgenden Wochen passierten sehr viele sehr seltsame Dinge.

Grundsätzlich war Andis Leben bisher nicht arm an seltsamen Begebenheiten gewesen, aber diese Häufung von Wunderlichkeiten, die machte ihn dann doch ein wenig skeptisch. Zumal die Ereignisse für ihn ausschließlich positive Folgen hatten. Auch das war neu.

Nach seinem in jeder Hinsicht unglücklichen Ausflug in die Bank, der amtlichen Kopfwäsche durch seine Mutter und der Krisensitzung mit seinen Eltern beim Griechen hatte sich Andi zwei Tage lang in seinem Bett verkrochen. Er hatte an die Wand gestarrt, sich seine Zukunft im Knast in düsteren Farben ausgemalt und darauf gewartet, dass ihn die Polizei abholt. Manchmal, in kurzen lichten Momenten, hatte er still und leise auf ein Wunder gehofft.

Dieses Wunder geschah am Mittwochmorgen um kurz nach zehn Uhr. Sein Handy klingelte. Sein Vater war dran.

„Geliebter Sohn", flötete Hermann. „Hier spricht dein alter Vater."

Seltsam, dachte Andi. Wenn er selbst anruft, verzichtet er auf diese wunderliche Hier-spricht-Hermann-Sikorra-wohnhaft-in-Bottrop-Boy-Floskel. Noch komischer fand er allerdings die überaus fröhliche Tonlage, in der sein Vater das Gespräch begann.

„Moin Vatter. Was gibt's? Was Neues?"

„Das kann man wohl sagen", raunte Hermann geheimnisvoll, sagte aber erst mal weiter nichts.

„Vatter. Hättest du eventuell die große Güte, deinem einzigen Stammhalter mitzuteilen, was genau dich so frohgemut stimmt? Mir ist nämlich überhaupt gar nicht nach Jauchzen und Frohlocken zumute, wie du dir vielleicht denken kannst. Also: Was ist los? Oder kann ich mich wieder in mein Schneckenhaus verkriechen und mir im Internet Tutorials zum Thema Tütenkleben angucken?"

„Genau das, geliebter Sohn, solltest du nicht tun", verkündete Hermann mit hörbarem Stolz in der Stimme. „Lass das mal sein mit diesem Internet. Ich habe eine weitaus bessere Idee. Du solltest aufstehen, duschen, dich rasieren, dich frisieren, dir ein vernünftiges Hemd anziehen und, sobald du all das erledigt hast, deine alte neue Arbeitsstelle im Möbellager der Stadt Bottrop aufsuchen."

Okay, dachte Andi, er ist besoffen. Mittwoch früh um zehn. Stramme Leistung. Wenn Mama das mitbekommt, gibt's was hinter die Ohren.

„Vatter, erinnerst du dich dunkel, dass es da ein klitzekleines Hindernis gab auf meiner Arbeit? Etwa 1,65 Meter klein. Mit Fistelstimme, Teufelshörnern, Pferdefuß und tiefen Taschen. Weißt du noch?"

„Ich erinnere mich sehr wohl, mein lieber Sohn. Und genau deshalb rufe ich an. Lass mich dir versichern, dass dieses kleine Problem behoben ist. Dein alter Vater und seine Kumpels haben sich gekümmert. Es ist alles zu unserer Zufriedenheit gelöst."

Andi richtete sich in seinem Bett auf. Was zur Hölle, dachte er. Der muss ja sternhagelvoll sein. Aber er lallt gar nicht!

„Darf ich dich was fragen, Vatter?"

„Nur zu!"

„Hast du schon einen Kleinen genascht heute früh?"

Andi hörte seinen Vater leise kichern.

„Mitnichten, mein Sohn. Obwohl ich große Lust dazu hätte nach dem überaus erfreulichen Gespräch, das ich gerade mit Matzi-Spatzi Busch geführt habe. Oder mit Frau Herrbusch, wie du ihn zu nennen pflegst."

Andi wurde schwindelig.

„Du hast mit dem Flachwichser gesprochen?"

„Jawohl, das habe ich."

„Ja und? Nun lass dir doch nicht alles aus der Nase ziehen!"

„Ich habe es ja schon gesagt: Zieh dich an, geh arbeiten! Alles Weitere erfährst du vor Ort. Nur so viel: Es ist alles in allerbester Ordnung."

Dann legte sein Vater auf. Andi schwirrte der Kopf. Eilig zog er sich an und machte sich auf den Weg.

Als er 20 Minuten später am Möbellager ankam, saß Herrbusch in seinem Büro und starrte an die Wand. Andi blieb im Türrahmen stehen. Ohne Andi anzusehen, deutete Herrbusch mit schlapper Geste auf den Stuhl vor seinem Schreibtisch, der ungewöhnlich aufgeräumt war. Die Berge von Papier, die sich sonst dort gestapelt hatten, waren verschwunden. Überhaupt wirkte das Büro seltsam leer. An der Wand hinter dem Schreibtisch hatte vor ein paar Tagen noch das irrwitzig kitschige Ölgemälde eines röhrenden Hirschen gehangen, das Herrbusch mal vor einer Kippenfahrt bewahrt hatte. Das Gemälde war weg. Andi setzte sich.

„Laut meinen Unterlagen haben Sie Ihre Sozialstunden vollständig abgeleistet", sagte Herrbusch leise. Seine Fistelstimme klang noch tonloser als sonst. „Richter Spielkamp ist darüber bereits informiert. Ihre Bewährungsauflagen sind damit erfüllt, Herr Sikorra."

Jetzt muss mich mal einer kneifen, dachte Andi. Das kann doch nur ein Traum sein.

„Sie könnten jetzt also einfach nach Hause gehen, Herr Sikorra", fuhr Herrbusch kleinlaut fort, und Andi kam es so vor, als kämpfte der Chef des Möbellagers mit den Tränen. Noch immer würdigte Herrbusch ihn keines Blickes.

„Es gäbe aber auch eine andere Möglichkeit, Herr Sikorra."

Herrbusch atmete schwer.

„Ich habe beschlossen, mich beruflich zu verändern. Deshalb habe ich den Vorsitzenden des Wohlfahrtsverbandes darum gebeten, mich von meinen Aufgaben hier im Möbellager zu entbinden. Ich werde ab kommenden Montag die Leitung des Kleiderlagers übernehmen. Eine neue Herausforderung, ein neuer Lebensabschnitt für mich. Und damit der Posten hier nicht zu lange vakant bleibt..." – Herrbusch hatte nun tatsächlich Tränen in den Augen – „... habe ich Sie als meinen Nachfolger vorgeschlagen, Herr Sikorra."

Okay, dachte Andi, das reicht. Jetzt kommt bestimmt gleich dieser blonde Vogel von „Verstehen Sie Spaß?" rein.

Herrbusch erhob sich, stopfte die letzten paar Papiere und seine Butterbrotdose in seine Aktentasche und verließ grußlos das Büro. Er ließ die Tür offen. Andi blieb allein zurück.

Die folgenden Tage verliefen nicht weniger wunderlich.

Einen Tag nach Herrbuschs plötzlichem Abgang rief der Chef des Wohlfahrtsverbandes an und bat Andi in sein Büro. Noch am selben Tag unterzeichnete Andi einen Arbeitsvertrag als „Leiter Möbellager der Stadt Bottrop", ein zehnseitiges Papier, in dem Tarifgehalt, Weihnachts- und Urlaubsgeld sowie 32 Urlaubstage schriftlich festgehalten waren. Krass, dachte Andi, so viel Kohle habe ich noch nie verdient. Schon gar nicht regelmäßig. Und schon überhaupt gar nicht auf legalem Wege.

Am Montag trat er zu seinem ersten Arbeitstag als Chef an. Er kaufte im Supermarkt drei Flaschen Sekt, ließ die morgendlichen Touren ausfallen und stieß mit Föhnwelle, dem Russen und den anderen Angestellten mit Pappbechern auf die Zukunft an.

Am Dienstag kam ein Fotograf des lokalen Anzeigenblättchens vorbei, am Mittwoch erschien Andis Bild auf Seite eins. „Möbellager unter neuer Leitung" stand darunter.

Am Samstag, seinem ersten freien Tag als Chef, griff er, noch im Bett liegend, nach seinem Handy. Jetzt oder nie, dachte er. Ein Versuch noch, ein allerletzter. Er setzte sich kerzengerade auf, atmete zweimal tief durch und wählte Anjas Nummer.

Es klingelte zweimal, dann ging sie ran. Vor Schreck fiel Andi fast das Telefon aus der Hand.

Er war so perplex, dass er zunächst gar nichts sagen konnte. Also sagte sie etwas: „Sikorra, ich weiß, dass du es bist. Ich kann deine Nummer sehen."

Unbeholfen stammelte Andi drauflos.

„Äh, Anja ... o Mann. Echt schön, endlich mal wieder deine Stimme zu hören ... ich meine, in echt. Nicht nur als Ansage auf dem Anrufbeantworter."

Reiß dich zusammen, Sikorra!

„Ich ... also ... ich wollte dir nur kurz was erzählen. Falls du kurz Zeit hast, ich will dich nicht lange aufhalten, auch nicht nerven, das am allerwenigsten ... Ich kann sonst auch später noch mal anrufen, wenn das besser passt."

Anja sagte nichts. Also quatschte Andi einfach weiter.

„Schau, ich wollte es dir gern persönlich sagen. Einfach, weil es mir sehr viel bedeutet. Ich ... ich habe einen neuen Job. Einen richtigen, mit geregelten Arbeitszeiten und so."

„Hab ich in der Zeitung gelesen", sagte Anja, und Andi fand, dass ihre Stimme dabei überraschend mild klang.

„Herzlichen Glückwunsch, Andi! Das freut mich wirklich für dich." Und dann, nach einer kurzen Pause: „Wie hast du das geschafft? Hast du irgendwen aus dem Weg geprügelt?"

Andi lachte nervös und beeilte sich dann, diese Vermutung auszuräumen. Es seien ziemlich viele verrückte Dinge passiert, sagte er, irre viele, irre verrückt, er habe letztlich auch noch nicht so richtig begriffen, warum es das Schicksal plötzlich gut mit ihm meine, vielleicht habe es, das Schicksal, nun auch begriffen, dass er sich geändert habe, nicht mehr so ungeduldig sei, nicht mehr so impulsiv, ja wirklich.

Andi nahm seinen ganzen Mut zusammen.

„Eigentlich ist das alles viel zu viel für ein einziges Telefonat",
sagte er. „Wollen wir uns nicht mal treffen, um das alles in Ruhe
zu besprechen?" Er kniff die Augen zusammen und hielt die Luft
an.

„Okay", sagte Anja. „Wann und wo?"

Als sie aufgelegt hatten, wusste Andi nicht, wohin mit seinem
Glück. Er rannte zum Schlafzimmerfenster, riss es auf und jubelte
so laut in die Welt hinaus, dass die Hochzeitsgesellschaft auf der
anderen Straßenseite erschrocken zusammenzuckte.

Kapitel 24 – Prokurist

Andi machte der Chefjob viel mehr Spaß, als er es erwartet hatte. Er machte Dienstpläne. Er stellte Routen zusammen. Er versuchte, ein gesundes Maß bei den Abholterminen mit und ohne Aufzug zu finden. Er kaufte Föhnwelle ein Fahrrad und organisierte einen Deutschkurs für den Russen. Nach Feierabend saß er oft noch mit seinen Leuten zusammen und flachste über die Kunden. Wurde einer seiner Männer krank, dann fuhr Andi mit raus und packte mit an. Das schien bei seinen Leuten gut anzukommen.

Mit Anja hatte er sich für das Wochenende nach ihrem Telefonat verabredet. Er hatte die kleine Holzbrücke an den Stadtteichen vorgeschlagen, dort hatte er als Kind mit seinen Eltern manchmal die Enten gefüttert. Am Tag vor ihrem Treffen war er extra zum Friseur gegangen. Als er mit dem Fahrrad seines Vaters an den Teichen ankam, wartete Anja schon auf ihn. Sie trug ein Blumenkleid und war noch schöner, als Andi sie in Erinnerung hatte. Er zitterte vor Aufregung.

Sie spazierten eine Runde um den größeren der beiden Teiche herum, dann noch eine und noch eine. Andi erzählte die ganze Geschichte noch einmal von vorn, auch den Teil, den er ihr bereits aus Hamburg auf die Mailbox gequatscht hatte. Er sparte die Erpressung nicht aus und auch nicht seinen jämmerlichen Versuch, eine Bank zu überfallen. Zu seiner großen Überraschung begann Anja zu kichern, als er den Teil mit seiner Mutter erwähnte, die in die Bank gekommen war. Richtig herzlich begann Anja zu lachen, als sie sich am Ende seiner Erzählung auf eine Bank setzten und plötzlich zwei weiße Enten an ihnen vorbeischwammen. Wie wunderschön sie lacht, dachte Andi. Wie sehr ich das vermisst habe. Sie saßen noch lange schweigend nebeneinander. Es begann schon zu dämmern, als ihm Anja mit dem Ellbogen in die Rippen stupste. „Komm, lass uns abhauen! Morgen ist auch noch ein Tag."

Zum Abschied schaute sie ihm tief in die Augen. „Es tut gut, den Bottrop Boy mal wieder live zu erleben." Dann gab ihm Anja einen Kuss auf die Wange.

Schon bald stellte Andi fest, dass er bei den administrativen Aufgaben im Möbellager eine helfende Hand gebrauchen könnte. Jemanden, dem er vertraute, der gut quatschen und mit Menschen konnte. Der Kunden das Gefühl geben konnte, dass Fliesentische, Alliberts und Schrankwände in Buchenfurnier exakt das waren, was ihnen zum Glücklichsein noch fehlte im Leben.

Jemanden wie Rolf.

„Ich soll dein was sein?", fragte Rolf und winkte nach einer weiteren Runde Pils, als sie sich eines Freitagabends auf ein Feierabendbier in der Kneipe trafen.

„Du sollst mein Prokurist sein", sagte Andi.

„Was ist das denn?"

„Jemand, der Dinge für mich in die Hand nimmt. Meine rechte Hand quasi."

„Ich will aber nicht in die Hand nehmen, was deine rechte Hand in die Hand nimmt", feixte Rolf.

Andi lachte.

„Du sollst mein Wingman sein, du Trottel. Mein Maverick. Mein Goofy. Mein Terence Hill. Gemeinsam werden wir das Möbellager rocken. Du bist dann städtischer Angestellter, und die Stadt zahlt nicht schlecht. Und vielleicht, ganz vielleicht", sagte Andi und trank einen Schluck Pils, „werden wir ja doch noch erwachsen."

Rolf guckte seinem Freund tief in die Augen.

„Okay, Herr Sikorra. Ich mache es. Ich werde dein Dr. Watson sein. Aber eines musst du mir versprechen."

„Alles, was du willst, mein Freund."

„Du musst mir versprechen, dass wir – egal, was passiert – niemals erwachsen werden. Deal?"

„Deal."

Andi nahm Rolf fest in die Arme. Jetzt bloß nicht losheulen vor Glück, dachte er.

„Ich kann aber frühestens in einer Woche anfangen", sagte Rolf, nachdem er sich aus der Umarmung gelöst hatte. „In den nächsten Tagen bin ich verhindert."

Andi war überrascht. „Wie verhindert? Du bist der einzige Mensch, der immer Zeit hat!"

„Nicht in den nächsten Tagen", sagte Rolf geheimnisvoll. „Sagen wir mal so: Ich habe vielleicht einen Anruf bekommen. Von einer sehr netten Frau. Diese sehr nette Frau hat vielleicht eine neue Wohnung bekommen, und daran waren du und ich vielleicht nicht ganz unbeteiligt. Die sehr nette Frau und ich haben jedenfalls vielleicht sehr lange, sehr nett telefoniert, und ganz vielleicht habe ich ihr angeboten, beim Umzug zu helfen. Und deshalb muss ich vielleicht ein paar Tage Richtung Norden verreisen." Rolf lächelte verlegen.

Andi nahm seinen Kumpel noch einmal in den Arm. „Du kannst deinen neuen Job anfangen, wann du willst. Ich hoffe nur, dass er sich mit einer Fernbeziehung verträgt!"

„Och", sagte Rolf, „das sind doch alles noch ungelegte Eier. Enteneier, wenn man so will. Aber ganz vielleicht habe ich der sehr netten Dame auch schon vom Zauber berichtet, der Bottrop-Boy innewohnt. Wir werden sehen."

Andis Handy klingelte: Sein Vater rief an. Sieh an, dachte Andi. Wo wir gerade von Hamburg reden. Die werten Herrschaften scheinen angekommen zu sein.

„Hier spricht Sikorras Andreas, Chef des Möbellagers der Stadt Bottrop. Was kann ich für Sie tun?"

„Das klingt ganz hervorragend, mein Sohn", freute sich Hermann am anderen Ende der Leitung. „Hier Sikorra senior am Apparat. Ich wollte nur kurz eine Wasserstandsmeldung abgeben. Deine Frau Mutter und ich sind gut in Hamburg angekommen, haben erfolgreich in dieses sehr schöne Hotel am Hafen eingecheckt, das du für uns gebucht hast, und haben als erste Amtshandlung die Pulle Champagner geköpft, die du uns aufs Zimmer geschickt hast. Als zweite Amtshandlung hat deine Mutter dann alle Erdnüsse aus der Minibar aufgegessen. Sie ist, das darf ich wohl sagen, sehr gerührt von deinem schönen Geschenk. Und ich übrigens auch. Wir wollten ja schon ewig mal wieder nach Hamburg fahren. Vielen Dank, mein lieber Sohn."

„Ehrensache, Vatter", sagte Andi. „Der Gefallen, den du mir vorher getan hast, lässt sich mit Champagner nicht aufwiegen. Was macht ihr denn jetzt?"

„Wir sind auf dem Weg zur Fähre. Deine Mutter will unbedingt ‚König der Löwen' sehen. Das ist auf der anderen Seite der Elbe. Da muss man mit dem Boot hinfahren, stell dir das mal vor! Hoffentlich wird sie nicht seekrank von den ganzen Nüssen."

Im Hintergrund hörte Andi die Stimme seiner Mutter.

„Dein feiner Herr Vater wird vermutlich wieder einschlafen. Wenn er schnarcht, setze ich mich weg!"

Hermann fiel seiner Frau ins Wort.

„Ich genieße Musik nun mal am liebsten mit geschlossenen Augen. Vorher brauche ich aber noch was zu beißen. Wir suchen diesen kleinen Fischladen, der so toll ist. Ich weiß aber nicht mehr genau, wo der war."

„Den gibt es nicht mehr, Vatter."

„Nicht? Woher weißt du … ach so, ja klar."

Im Hintergrund hörte Andi die Stimme einer Frau, die definitiv nicht seine Mutter war.

„Komm mal rüber hier, Schätzchen", rief die Stimme, „für einen kleinen Aufpreis kann deine Alte auch zugucken!" Die Stimme kam nun näher: „Du telefonierst doch gar nicht, Schätzchen. Den Trick versuchen hier alle."

In der Stimme seines Vaters klang nun Empörung mit.

„Entschuldigen Sie mal! Ich spreche hier gerade mit meinem Sohn!"

„Na klar", hörte Andi die Frauenstimme sagen. „Gib mal her, das Handy." Und dann, noch lauter: „Hallo? Ist da niemand? Nee, oder? Sag ich doch!"

„Selber hallo", sagte Andi, „tust du mir einen Gefallen und gibst dem Herrn sein Fernsprechgerät zurück? Vielen Dank. Sei artig und entschuldige dich, er hat ein schwaches Herz. Und die Dame, die du gerade so rüde abgekanzelt hast, ist übrigens meine Frau Mutter. Sie hat sich sehr auf Hamburg gefreut. Also ruiniere jetzt bitte nicht alles."

Andi hörte, wie das Telefon weitergegeben wurde. „Tschuldigung", murmelte die Frauenstimme. Dann war wieder sein Vater dran.

„Ach, Hamburg", sagte Hermann. „Manche Dinge ändern sich nie. Nun ja. Wo waren wir?"

„Den Fischladen gibt's nicht mehr, Vatter. Aber unten an den Landungsbrücken gibt es jede Menge gute Fischbrötchen. Da findest du was. Viel Spaß im Musical, gib Mama einen Kuss! Wir sehen uns Montagabend beim Griechen. Ach, noch was", sagte Andi. „Frag sie mal, ob sie am Montag mit uns dinieren will! Ich komme nämlich auch in Begleitung."

„Ach! Wie schön! Wer ist es denn?"

„Anja."

„Das, mein Junge", sagte sein Vater und klang nun wirklich gerührt, „ist eine wundervolle Nachricht. Deine Mutter kommt sicher gerne mit."

„Wohin komme ich gerne mit?", hörte Andi die neugierige Stimme seiner Mutter im Hintergrund. „Das entscheide ich ja wohl immer noch selbst, wohin ich sicher gerne mitkomme!"

„Macht das mal schön unter euch aus", sagte Andi. „Bis Montag!"

„So long", sagte Hermann. „Bis bald."

„So long? Singst du jetzt bei Truck Stop, oder was?", witzelte Andi, aber da hatte sein Vater schon aufgelegt.

Er wollte gerade noch zwei Pils bestellen, als ein auffällig kleiner Mann die Kneipe betrat. Die Haare standen ihm wirr vom Kopf, er war unrasiert und hatte ordentlich Schlagseite. Dafür, dass es noch recht früh am Freitagabend war, war Frau Herrbusch schon ziemlich hinüber.

Oha, dachte Andi. Da ist aber jemandem die neue Herausforderung nicht so gut bekommen. Er hatte immer noch keine Ahnung, wie genau sein Vater und die anderen alten Halunken das Spielchen mit Frau Herrbusch zu seinen Gunsten gewendet hatten. Dafür war ihm auf den ersten Blick klar, dass dieses Spielchen einen eindeutigen Verlierer hatte.

Herrbuschs glasiger Blick wanderte durch den Laden, blieb an Andi hängen und füllte sich sogleich mit Hass. Quer durch die gut gefüllte Kneipe steuerte der kleine Mann direkt auf Andi zu. Er baute sich nur ein paar Zentimeter vor ihm auf. Instinktiv spannte Andi die Muskeln an und ballte die Fäuste. Ruhig, dachte er. Ganz ruhig. Du lässt dich nicht provozieren. Du lässt dir das alles nicht kaputtmachen von dieser Witzfigur.

„Schau an", lallte Herrbusch, „der neue Leiter des Möbellagers der Stadt Bottrop. Der ehrenwerte Herr Sikorra junior."

Seine Schweinsäuglein blitzten.

„Eigentlich wollte ich nie wieder ein Wort mit dir wechseln, Sikorra. Aber wo du schon mal vor mir stehst: Du gehörst nicht auf diesen Stuhl, und das weißt du auch. Du gehörst nicht in diesen Job. Du gehörst in die Gosse. Oder in den Knast. So wie deine ganze dreckige Familie. Allen voran dein feiner Herr Vater, dieser elende Hurenbock."

Andi spürte, wie sich seine Nackenhaare aufstellten. Nur ein Schlag, dachte er. Ich könnte ihn mit nur einem Schlag in der Mitte durchbrechen, diesen Pimpf.

Einatmen. Ausatmen. Denk an was Schönes.

„Dein Drecksack von Vater hat mich ausgetrickst. Er hat mich um meinen Job und meine Karriere gebracht. Dafür sollt ihr alle in der Hölle schmoren. Ich kenne ja deine Mutter nicht, Sikorra, aber ich vermute mal ..."

Okay, dachte Andi. Ich schaffe es nicht. Wenn er das jetzt sagt, dann haue ich ihm eine rein. Trotz des neuen Jobs, trotz meines neuen Lebens, das schaffe ich nicht, dem jetzt keine reinzuhauen. Vielleicht versuche ich, ihm nicht alle Schneidezähne auf einmal auszuschlagen.

„... dass sie, wenn dein feiner Herr Vater ein Hurenbock ist, auch aus dem horizontalen Gewerbe stammt, korrekt?"

„Okay, das reicht", sagte Andi und wollte gerade ausholen, als über seine rechte Schulter hinweg eine Faust geschnellt kam, die recht zentral in Herrbuschs Gesicht einschlug und dem kleinen Mann die Nase brach. Herrbusch fiel um wie ein Baum. Überrascht blickte Andi sich um. Rolf stand schräg hinter ihm und massierte seine Hand.

„Verzeihung, aber da musste ich jetzt mal prophylaktisch eingreifen", sagte Rolf. „Es gehört zu meinen Aufgaben als deine rechte Hand, Dinge zu steuern, die aus dem Ruder zu laufen drohen. Komm, wir trinken noch einen!"

Andi drehte sich zur Theke. Der Kellner, der von dem sauberen Knock-out nichts mitbekommen hatte, musterte Andi mit großen Augen.

„Du hast Blut am Kragen", sagte er.

„Is nich meins", sagte Andi. „Machse uns noch zwei Pils?"

CORRECTIV

Danksagung

Viele Dinge, die in diesem Buch stehen, sind so oder so ähnlich passiert. Andere sind frei erfunden. Die Menschen, die in diesem Buch auftauchen, gibt es nicht. Manche von ihnen kommen euch vielleicht bekannt vor, weil es Leute wie sie überall gibt und gab, auch in Bottrop. Ich möchte mich bei all denen bedanken, deren Geschichten und Anekdoten sich in dieser Geschichte und den Charakteren wiederfinden. Tausend Dank an Meli, die stets meine Launen ertragen muss und den ersten Satz des Romans schon kannte, als noch lange kein Buch absehbar war. Danke an David, der an das Buch glaubte, und an Thorsten, der es so schön gemacht hat. Danke an Robert, der im Text Dinge entdeckte, von denen ich nichts wusste. Danke an Juan; und schließlich: Danke an Bottrop, das ich immer im Herzen tragen werde.

CORRECTIV

224

MIT
NACHDRUCK

Mit Nachdruck ist eine Serie des CORRECTIV-Verlags.
Neben Sachbüchern finden Sie hier auch andere
literarische Formate.

Wir verlegen Romane und Geschichten aus dem echten
Leben, die erzählt werden müssen und experimentieren mit
neuen genreübergreifenden Formaten. Wir bringen Literatur,
Journalismus und Kunst zusammen. Wir verbinden, was
zusammenpasst und was noch nicht zusammengefunden hat.

Wir überwinden Grenzen.

Als Essener Verlag gehören wir zum Literaturviertel in der
Akazienallee. Dort wollen wir zusammen mit lokalen Partnern
gemeinsam etwas Großes schaffen und Literatur für alle
erlebbar machen.

www.literaturviertel-ruhr.de

Autor / Art-Direktor

Kai Feldhaus
Autor, Journalist und Schalke-Fan, geboren und aufgewachsen in Bottrop im Herzen des Ruhrgebiets.

Thorsten Franke
Grafik-Designer, Art-Direktor und Kiosk-Besitzer, geboren und aufgewachsen in Bottrop im Herzen des Ruhrgebiets.